古典の効能

寺田真理子――著
林　望――監修

雷鳥社

目次

遭遇……117

喪失……151

コラム

はじめに

「読書は好きだけれど、古典は読んだことがない」という方は多いのではないでしょうか。いつか読もうと思いながらも機会を逃し、苦手意識を持つようになっていませんか。

敬遠しがちなのは、難しそうな印象のせいだけではなく、自分には無関係に思えるせいかもしれません。遥か昔の人たちのものの考え方や感性は、今を生きる自分とはかけ離れたものに思えるため、興味を持ちづらいのでしょう。

私自身も、そのように捉えていました。ところが実際に読んでみると、古典の登場人物たちの悩みや感情は今の私たちが共感できるものばかりで、驚くほどに感性豊かでした。悩んだときの心の整え方や、窮地に陥ったときの対応の仕方は、とても柔軟で強く、しなやかなのです。無関係どころか、大いに関係があることを知り、俄然興味を抱くようになりました。

私は、本を読むことで問題が解決したり癒しが得られたりする「読書療法」を専門にしていますが、古典はまさにうってつけなのです。古典の世界は、しなやかに今の時代を生きるためのヒントにあふれています。

「こんなに面白いのなら、もっと早くに出逢いたかった」

そんな思いから、かつての私のような方たちに古典の魅力をお伝えしたくて、この本を書きました。

学校でも古典には触れてきたはずなのに、どうしてその面白さを知らないのでしょうか。それは、表面をなぞるだけで終わってしまい、肝心なところに触れていないからです。心を動かされることがなければ、たとえば『枕草子』なら「春はあけぼの」しか記憶に残らないのも無理はありません。清少納言が苦境に立たされたとき、いかに機転を利かせて乗り越えたか。人生がつらいとき、どうやって自分の心を明るみに向けて生きてきたか。そんなエッセンスは教わらないのです。

そこで、本書では古典を読む醍醐味をお伝えするために、しなやかに生きる人たちに焦点を当てていきます。『万葉集』『枕草子』『古事記』から、選りすぐりの二十のエピソードを集めました。明るみに目を向ける「好転」、与えられた場で自分の持ち味を巧みに活かす「戦略」、古典の人々の粋なやりとり「洒脱」、思いもしない出来事に対峙する「遭遇」、悲しみに向き合う「喪失」。五つの切り口で、古典の世界を覗いていきましょう。難しくて縁遠かった古典とはひと味違う、いきいきとした魅力に出逢えるはずです。

さらに古典を身近に感じていただけるように、各エピソードには「今の生活に役立つヒント」として、心理カウンセラーの立場から解説を加えています。古典の人々の生き方は、参考になることばかりなのです。

「古典ってこんなに面白かったんだ！」と発見する喜びを味わっていただけますように。そして、古典から今をしなやかに生きる力を得ていただけたら、著者として何よりうれしく思います。

引用した原文は『萬葉集』（新潮古典集成）、『枕草子』（新潮古典集成）、『古事記』（岩波古典日本文学大系）にもとづいています。巻末の参考文献をもとに、ルビや表記を以下のようにあらためています。

「我」↓「我（あ）」(p.73, p.84)

「思」↓「思（も）」(p.101)

「纒」↓「纒（ま）」(p.129)

「玉」↓「珠（たま）」(p.168, p.171)

好転

清少納言の視点―喜びを数え上げる

嬉しきこと二つにて

才気煥発、あるいは教養の高さを鼻にかけた嫌味な女。そんなイメージを持たれることの多い清少納言ですが、実は、「喜び上手な人」でもあるのです。そのことが伝わるエピソードがあります。

年下の男友だち源経房（みなもとのつねふさ）が訪ねてきたときのこと。頭弁（とうのべん）というエリート官僚の藤原行成（ふじわらのゆきなり／こうぜい）が清少納言をほめていたと教えてくれました。「自分の好きな人が他人からほめられるのはうれしいものですね」と言う経房に、清少納言は答えます。

「嬉しきこと二つにて。かの褒めたまふなるに、また、想ふ人のうちにはべりけるをなむ」

「うれしいことが二つです。行成さまがほめてくださっていることがひとつ。もうひとつは、あなたが好きな人の中に私を入れてくれていたことです」

藤原行成にほめられたことだけでなく、源経房の自分への気持ちまでも掬い取って、喜びを数え上げる。感心してしまうほどに喜び上手です。

清少納言は、もともとこういう気質を持っていたわけではありません。宮仕えを始めた頃は、まるで別人なのです。

> 宮にはじめてまゐりたる頃、ものの恥づかしきことの数知らず、涙も落ちぬべければ、夜々(よるよる)まゐりて、三尺の御几帳(みきちゃう)のうしろにさぶらふに

不安と気後れでただ恥ずかしく、涙が落ちそうなほど。几帳（間仕切り）の陰に隠れていたというのですから、慣れない職場に戸惑う、初々しい新入社員のようです。

当時の清少納言は二十八歳。お仕えした相手の中宮定子(ていし)は十八歳。十歳も年下でしたが、素晴らしい教養と人柄を兼ね備えた美しい女性

でした。緊張している清少納言の心をほぐそうと、絵を見せてくれたりします。そのときにちらりとのぞいた手が薄紅梅色でまた美しく、「こんな方がこの世にいるのか」と清少納言は見つめていました。

容姿に自信のなかった清少納言は、憧れの人のそばにいられる幸せに浸りながらも、定子と自分とを比べては、落ち込んでしまうこともあったはずです。繊細な観察眼の持ち主ですから、自分の至らないところも人一倍目についてしまうでしょう。そのままずるずると自信を失い続け、宮仕えをやめてしまう可能性だってありました。けれども、そうはならなかった。

宮仕えになじめるようにと、定子が心を配ってくれたことも支えになったと思いますが、何よりも、自分の心を明るみに向けていこうという、清少納言自身の強い意志があったのではないでしょうか。家柄が特別にいいわけでもない、容姿にも自信がない、財力もない。頼みの綱は和歌や漢籍の知識だけ。それを活かしてこの場所で生きていくしかないと覚悟を決めて、心の在り方を変えていったのです。
実際、『枕草子』には「うつくしきもの」という、かわいらしいものばかりを集めた段があります。着飾った子どもや、抱っこしているうちにしがみついて眠ってしまった赤ちゃんなど、誰もが目をとめるようなものばかりではありません。池からつまみ上げた小さな蓮の葉っぱまで、

何も何も、小さきものは、みな愛し(うつくし)。

「何もかも、小さいものは、みなかわいらしい」と愛でているのです。

こんなふうに、ささやかなものにも目をとめて、その価値を見いだす。そんな意識の向け方を清少納言は心がけていたのではないでしょうか。そのまなざしは、自分自身にも向けられたことでしょう。持ち前の観察眼で、自分の至らない点を数え上げる代わりに、自分の魅力的なところを、そして世の中にある素敵なものを数え上げて心を保って生きてきた。だからこそ、

「嬉しきこと二つにて」

と喜びを数え上げることができたのではないでしょうか。清少納言の喜び上手は、意志の力が生んだ人格なのです。

❖今の生活に役立つヒント

「ここに二つの円があります。一方は完全な円です。もう一方は視力検査で見るような、一部が欠けた円になっています。さて、あなたはどちらの円が気になるでしょうか」

この問いに、大半の方は「欠けた円」のほうを選びます。人間は欠けた部分に目が行きやすい傾向があり、これは図形だけではなく、人間関係や生活環境などにも当てはまります。「あの人はいい人だけれども話が長くて困る」「いい人だけれどもいつも待ち合わせに遅刻してくる」という具合です。

また、気分が落ち込んでくると、自分の欠けた部分にも目が行きやすくなってしまいます。「私は説明が下手で相手をイライラさせてしまう」「私は仕事が遅くてまわりに迷惑をかけてしまう」と、苦手なことやできないことにばかり焦点を当てていては、自信を喪失するばかりです。

清少納言も当初は自分の欠けたところに目が行って委縮していました。けれども欠けているのは一部に過ぎず、欠けていない部分のほうが実は大きいことに気づき、そこに意識的に目を向けるようになります。これは心理学のゲシュタルト療法の考え方ですが、療法として提唱されるずっと前から、清少納言はすでに実践していたと言えるでしょう。

赤猪子の決意——誰も責めないまっすぐな心

待ちし情（こころ）を顕（あらは）さずては、悒（いぶせ）きに忍（しの）びず

『古事記』には赤猪子（あかゐこ）という女の子が登場します。猪というと野性的に感じられますが、実際には、ウリ坊と呼ばれる猪の赤ちゃんは、とてもかわいらしい姿をしています。赤猪子の名前にも、とてもかわいい女の子という意味が込められているのです。

名前の通りかわいらしく育った赤猪子は、ある日、川のほとりで雄（ゆう）

略天皇と出逢います。

「汝は誰が子ぞ。」ととひたまへば、答へて白しく、
「己が名は引田部の赤猪子と謂ふぞ。」とまをしき。

天皇が赤猪子の名前を尋ね、彼女はそれに答える。当時、男性が女性の名を問うことはプロポーズと同じでした。そして名乗ることは、そのプロポーズを受けるということ。ずいぶん急な展開ですが、この時代には「出逢って即プロポーズ」はよくあることだったのです。自分が召すからどこにも嫁がないようにと言い残し、天皇は去っていきました。

その言葉を信じて、赤猪子は待ちました。待って、待って、待ち続

けること数十年。すっかりおばあさんになってしまいます。もう天皇のお嫁に行くような歳ではありません。赤猪子は思いました。

命を望ぎし間に、已に多き年を經て、姿體瘦せ萎みて、更に恃む所無し。然れども待ちし情を顯さずては、悒きに忍びず

「お召しを待っている間に、もう長い年月が経ってしまった。身体も痩せて萎んでしまって、もう自信もない。けれども、待ち続けてきたこの気持ちをお伝えしなければ、心が晴れない」と、婿への贈り物の準備を整え、自分の気持ちを伝えるために会いに行くのです。

長い年月が経っていたため、天皇には赤猪子が誰だかわかりません（ちなみに、天皇はおじいさんにはなっておらず、若いまま。当時の天

皇はまだ神さまに近い存在だったのでしょうか)。「お前はどこのばあさんだ?」などと、ひどいことを言います。そんな天皇に、赤猪子は、遠い昔にプロポーズされてから待ち続けた、長い長い日々と思いのたけを伝えます。それを聞いて赤猪子のことを思い出した天皇は、本当にすまないことをしたと詫びて、たくさんのお土産を持たせて帰すのでした。

赤猪子の行動力が清々しい読後感を残すエピソードですが、引っかかることがあります。赤猪子は、どうしてわざわざ会いに行ったのでしょうか。

めでたく結婚できると思っていたわけではないはずです。変わり果てた自分の姿を見てがっかりされたり、侮辱されたりするかもしれない。そんな恐怖心だってあったでしょう。若き日の晴れがましい思い出として記念にしておくほうが、傷つかずにすみそうなものです。それなのに、リスクを負ってまで会いに行ったのです。

責めたかったというならまだわかります。「あんなに待っていたのに、どうして来てくれなかったの」「待ってる間にこんなに歳をとってしまったじゃないの、どう責任をとってくれるの」「私の時間を返して」と。でも、そんなことは赤猪子はひとことも言いません。

今のように、すぐに返事がないとじりじりするような、強い焦燥感はなかったかもしれません。それでも好きな人からの連絡を待つ時間は、とても長く感じるもの。ましてやプロポーズですし、それも何十年も待つのですから。どれだけの不安にさいなまれたことでしょう。そんな中にあっても、赤猪子は暗い情念にとらわれることはありませんでした。後悔を募らせるのでもなく、天皇を責めるのでもなく、待っていた。

待ちし情を顯さずては、悒きに忍びず

ただ、自分が待っていたことを、伝えたかった。

かつての赤猪子には、若さとかわいい見た目がありました。自分は天皇のプロポーズを受けるにふさわしいという自信もあったでしょう。それが今では若さも見た目のかわいらしさも失い、天皇は自分にとってとても遠い存在になってしまいました。けれども赤猪子は、いじけた老女になることもなく、人を責めるきつい老婆になることもなく、まっすぐに生きることができた。そのまっすぐさは、天皇に逢いに行くための力になってくれたことでしょう。

赤猪子を見て、天皇は誰だかわかりませんでした。けれどもその話を聞いたとき、たとえ姿かたちは変わっても、変わらない赤猪子の本質を見たのではないでしょうか。あのときプロポーズしたのは、赤猪子のかわいらしい容姿だけでなく、彼女が発していたまっすぐさにも心惹かれていたから……。天皇の記憶の底で、あの日の赤猪子の姿がきらめいたかもしれません。

❖今の生活に役立つヒント

好ましくない状況に陥ったときに、自罰的な人は自分を責めます。もし赤猪子が自罰的だったら、「私が天皇の言葉を真に受けるから、こんなことになったんだ」と延々と後悔していたでしょう。逆に、他人を責める他罰的な人だったら、「天皇がちゃんと早く召しに来てくれないから、おばあさんになった」と不満を募らせたでしょう。どちらにしても、あまり幸せではなさそうです。

自分も他人も責めることなく、ただ自分の思いを伝えたいとまっすぐに行動した赤猪子。恋愛でも、仕事でも、ままならないことは多々あります。そんなとき、誰も責めずに対処できる方法がないか、考えてみてください。

清少納言の不安――捉え方を変えてみる

事にもあらず合はせなしたる、いと嬉し

清少納言は物事を自分の目でしっかりと見つめ、感じ取った人でした。その姿勢が表れたエピソードが『枕草子』にあります。

すこし日闌（た）けぬれば、萩などのいと重げなるに、
露の落つるに枝うち動きて、

人も手触れぬに、ふと上(かみ)ざまへあがりたるも、
「いみじうをかし」といひたる言(こと)どもの、
「ひとの心には、露をかしからじ」と思ふこそ、またをかしけれ。

庭の萩を眺めていたときのことです。雨に濡れた萩の花が、重たげにうなだれています。日が高くなり、しずくが落ちるにつれて枝が動き、誰も手を触れていないのに、ひとりでに跳ね上がりました。なんて面白いのだろうと、清少納言は感激します。そして他の人には全然面白いとは思えないのだろうと考え、それをまた面白がっているのです。ものを書く人間としての感性で身のまわりの物事を捉え、そこに人の心の機微を映し出しては眺めていました。

そんな清少納言ですから、迷信をうのみにして動じることはなさそ

うです。ところが意外にも、清少納言をひどく動揺させたものがありました。それは、夢です。

「いかならむ」と思ふ夢を見て、「恐ろし」と、胸つぶるるに、

どうなることだろうと思う夢を見て、恐ろしさに胸がつぶれるように感じたというのです。たかが夢なのに、どうしてそんなに怖がるのかと不思議に思うかもしれませんが、当時の夢は、現代の夢とは意味合いが違っていました。夢の中で好きな相手が登場すると、現代なら「あの人のことが気になっていたからかな」と、自分のせいで相手の夢を見たのだと考えます。けれども当時は、「あの人が私のことを思ってくれているらしい」と、相手が自分を思っているから夢に魂が通って

きたと考えていたのです。だから「あなたの夢を見たので、会いに来ましたよ」と出かけることもありました。夢の世界が現実と地続きだったのです。

そう考えると、不吉な夢を見たとき、「たかが夢」と片づけられないのもわかります。現実に何かが起こるのではないかと不安にさいなまれるでしょう。

そんな清少納言の気持ちが晴れるきっかけは、夢の解釈でした。平安時代には、夢占い師が「夢解き」や「夢合わせ」を行い、夢の内容からその意味や吉凶を判断していました。清少納言も夢合わせをしたところ、

事にもあらず合はせなしたる、いと嬉し。

なんでもないから心配しなくていいと言われて安心したのです。

夢には現実と同様の重みがあり、勝手な解釈は許されず、判断は専門職である夢占い師の仕事だったのでしょう。現代であれば、気になる症状があって、もしかして重い病気なのではと病院に行ったら、「たいしたことはありません。薬も必要ないですよ」と医師から言われるようなものでしょうか。夢合わせは、現実を変えてくれることに等しかったのでしょう。夢占い師はカウンセラー的な存在でもあったのかもしれません。

夢の解釈によって、清少納言の心も晴れやかになりました。しずくを落としたあの萩のように、上を向いたのです。

❖今の生活に役立つヒント

現代でも気になる夢を見たら、夢占いの情報を調べてみるのではないでしょうか。たとえば、猛獣が登場して不吉に感じた夢が、実は大きな幸運に恵まれるサインだとわかったら、ほっとするでしょう。解釈によって気分が変わることは、夢だけではなく、現実にも適用することができます。

雨が降り出したとき、「雨だと湿気で髪が広がるからいやだな」とがっかりする人もいれば、「雨だとお気に入りの傘の出番だ」と喜ぶ人もいます。雨が降り出した現実は変わらなくても、受け取り方によって感情が変わってくるのです。がっかりするような受け取り方から、喜べるような受け取り方へと、物事を見るフレームを変えて新たな価値観で捉え直すことはリフレーミングと呼ばれます。

日常の場面で、リフレーミングを活用できる機会は多くあります。たとえば、仕事で用意した資料に上司からの修正がたくさん入ったとき、「こんなに修正されるなんて、私は仕事ができないんだ」と受け取れば、落ち込んでしまいます。けれども状況をリフレーミングして「こんなにしっかり見てもらえてよかった。この修正を参考にして今後の資料を作成しよう」と受け取れば、落ち込むこともないでしょう。

落ち込みがちな人は、気が滅入るようなことばかり自分の身に降りかかってくるかのように捉えていることが多いものです。実際には、不運な出来事が当人に集中的に起きているわけではなく、悲観的な受け取り方をするくせが身についてしまっていることが原因なのです。一つひとつの出来事をどう受け取っているのか、自分の解釈を見直していくことで、このくせを手放していけるでしょう。

伊邪那岐の直視――愛する人が変わり果ててしまったら

汝然爲ば、吾一日に千五百の産屋立てむ

『古事記』について知らなくても、日本をつくった伊邪那岐、伊邪那美の名前には覚えがあるかもしれません。この二柱の神々は結婚すると、次々に国を、神々を生みます。ところが、最後に火の神を生んだことで、伊邪那美は身を焼かれて死んでしまいます。

伊邪那岐はしばらくひとり泣き暮らしていたものの、愛する妻のこ

とをあきらめきれず、死者の行く黄泉つ国まで追っていきます。再会した伊邪那美はすでに黄泉つ国の食べ物を口にしてしまっていたので、元の世界に戻るには遅すぎました。けれども、せっかく夫が迎えに来てくれたのだからと、黄泉つ国を支配する神に相談することにします。ただし、その間自分の姿を決して見ないようにと言い残し、御殿の中に入っていきました。

　伊邪那岐は言われた通りに待っていましたが、妻がなかなか戻らないため、不安がふくらんでいきます。そしてついに、言いつけを破って中を覗いてしまうのです。

「見てはいけない」と言われているのに、禁忌を破ったために、悲劇が訪れる。神話や民話によく見られる類型です。機を織る姿を覗いたために人間ではない正体を知ってしまった「鶴の恩返し」や、玉手箱を開けたために一気に歳をとってしまった浦島太郎の話が思い浮かぶのではないでしょうか。ギリシャ神話に登場する吟遊詩人オルフェウスも、亡き妻を迎えに冥界に行くものの、振り返ってはいけないという禁忌を破ったために、妻は冥界に連れ戻されてしまいました。

はたして伊邪那岐が中を覗くと、変わり果てた妻の姿がありました。身体中に蛆がたかり、いたるところから膿があふれ出ています。おまけにその腐った身体のあちこちから八柱の雷神（いかづちのかみ）が生まれているのです。恐れをなした伊邪那岐は、一目散に逃げ出しました。

「よくも私に恥をかかせたわね」

怒った伊邪那美は、黄泉つ国の者たちに後を追わせます。撃退されると、次に雷神と大軍を向かわせます。これも撃退されると、ついには自ら後を追いかけます。

伊邪那岐は、黄泉つ国とこの現し世の境界にある黄泉つ平坂に千引きの石を据え、伊邪那美に離縁を言い渡しました。千人で引くほどの大きな石で遮ることにより、夫婦の縁を切るだけでなく、あの世とこの世が断ち切られることになりました。

千引きの石の向こうから、伊邪那美は言いました。

「愛しき我が那勢の命、如此爲ば、汝の國の人草、一日に千頭絞り殺さむ。」

「愛しい私の夫。もしあなたがそのようなひどいことをなさるなら、あなたの国の人びとを一日に千人ずつ絞り殺しましょうぞ」。愛しい夫と呼びかけながらも恐ろしい言葉を投げかける伊邪那美に、伊邪那岐は答えます。

「愛しき我が那邇妹(なにも)の命、汝(いまし)然(しか)爲(せ)ば、吾(あれ)一日(ひとひ)に千五百(ちいほ)の産屋(うぶや)立てむ。」

「愛しいわが妻よ。お前がそんな非道なことをするならば、私は一日に千五百の産屋を建てて、子どもを生ませることにしよう」。こうして、この国では一日に必ず千人死に、一日に千五百人生まれるようになったので、人間の数は増え続けるのだと『古事記』はこの話を締めくくっています。

自ら禁忌を破っておきながら、変わり果てた妻の姿を見て逃げ出すなんて、伊邪那岐はひどい夫のように見えるかもしれません。けれども、彼は現実を直視していたからこそ冷静に対処できたとも考えられるのではないでしょうか。「愛する妻がこんな姿になるはずがない」と現実を受け容れられずに泣いていたら、彼も黄泉つ国に引きずり込まれ、生きて帰ることはできなかったでしょう。そして「あなたの国の人びとを絞り殺す」という呪詛を投げかけられたとき、「愛する妻がこんなひどいことを言うはずがない」と信じられずにいたら、投げかけられた呪詛を即座に打ち消すことができず、忌まわしい言葉に力を持たせてしまっていたことでしょう。変わり果てた妻が、忌まわしい言葉を吐く妻が、今の現実の妻の姿なのだ。その受け容れがたい現実を直視できたからこそ、自分のとるべき行動を正しく見いだすことができたのです。

一日に千人絞り殺すということは、一日に千回あなたを悩ませよう、悲しませようということでもあります。それに対して一日に千五百人生ませようというのは、神としてこの国を栄えさせようというだけではなく、一日に千五百回の生の喜びを味わおう、与えられた悲しみ以上の喜びを自らつかみ取って生きてみせようという、伊邪那岐の高らかな宣言にも聞こえるのです。

❖今の生活に役立つヒント

人は、愛する相手が変わってしまうことを恐れます。恋人の心変わりや友人の裏切り、あるいは肉親の老い。変わってしまった相手を直視することができず、過去の相手の姿にしがみついてしまうのです。極端な場合には、虐待を受けているのに、「昔は優しかったから」と言って歪んだ現状を許容してしまうこともあります。これでは人生は止まってしまい、本来の人生を歩むことができません。

好ましくない現実を直視することには痛みが伴いますが、愛する妻の死と、その妻からの恐ろしい呪詛という究極のつらい現実を直視した伊邪那岐がロールモデル（手本）となってくれるでしょう。彼が直視しなければならなかったものの苛酷さと比較すれば自分の状況はそこまでではないと思えますし、呪詛を投げかけられても行動した彼の力を思えば、自分の中にも行動する力を見つけられるかもしれません。

古事記

『古事記』は、現存する日本最古の歴史書です。稗田阿礼が暗唱していたものを元明天皇の勅によって太安万侶が撰録し、七一二年に成立しました。序文のほか、上中下の三巻から成り、本書に登場する伊邪那岐・伊邪那美の天地創造から三十三代推古天皇までの神話、伝説、歌謡などが語りものの文体で記されています。英雄伝説から恋物語まで収録され、豊かな感情表現とあふれる人間味が魅力です。天照大御神の天岩戸伝説、須佐之男命の八俣大蛇退治、大国主神と因幡の白兎、倭建命の武勇伝など、広く知られるエピソードの数々が登場します。

戦略

定子の真意――清少納言の実力を引き出した問いかけ

香炉峯（かうろほう）の雪、いかならむ

ある雪の日のこと。格子をおろして中宮定子の女房（身の回りのお世話や教育のために宮廷に仕えた女性）たちがおしゃべりをしていたら、定子がこんな問いかけをしました。

「少納言よ、香炉峯（かうろほう）の雪、いかならむ」

香炉峰の雪はどうかしら、と清少納言に尋ねてきたのです。この問いかけ、実は深い教養があってこそできるものです。

遺愛寺の鐘は枕を欹てて聴き
香炉峯の雪は簾を撥げて看る

という『白氏文集』の有名な一節があるのです。『和漢朗詠集』にも採られているので、教養がある人ならば知っているはずの「香炉峰の雪」という言葉を使うことで、清少納言に難易度の高いお題を出したと言えるでしょう。

清少納言は漢詩に造詣が深いので、当然ながらピンときました。「香炉峰の雪」とくればもちろん「簾を撥げて看る」。けれどもそれをただ答えただけでは、何の面白味もありません。そこでこんな行動に出るのです。

御格子上げさせて、御簾を高く揚げたれば、笑はせたまふ。

女房たちに格子を上げさせて、自らは定子の御簾を巻き上げました。「簾を撥げて看る」を言葉で答える代わりに、実際に体現してみせたのです。すると定子が笑顔を見せました。自分の意図が通じた喜び。「このお題、よく解けたわね。さすが」という笑いだったのでしょう。「自分たちだって歌は知っているけれど、こんなふうに行動に移すなんて思いもしなかった。やっぱり清少納言は違う！　定子さまにお仕えする人はこうでなきゃ！」と、まわりの女房たちも感心しました。清少納言の面目躍如といったところでしょう。これは『枕草子』の中でも有名なエピソードで、清少納言のしなやかな知性が光るとともに、「教養の高さを鼻にかけた嫌味な女」というイメージの根源にもなっているようです。

当時の貴族は、いわばサロン（邸宅で催される社交的集会。知的な会話がされた）を運営しているようなものでした。その中で気の利いた言葉が交わされたり、感心するような行動があったりすれば、たちまち噂になります。するとサロン自体も注目されて株が上がるというわけです。女房たちは評判になる受け答えをしてみせることで、サロンに貢献していたと言えます。清少納言はサロンにとってなくてはならない存在だったでしょうし、香炉峰の雪のエピソードも、瞬く間に貴族たちに広まっていったことでしょう。

定子は、思慮深い女性です。ただ問いかけに答えることだけを求めていたのでしょうか。清少納言なら、自分の問いかけに答えることができる。御簾を巻き上げてみせてくれると、想像できたはずです。

初々しい新参の頃と違ってすでに存在感を発揮していたとはいえ、清少納言にはまだどこか気が引けてしまうところがあったのかもしれません。けれども御簾を巻き上げた彼女の姿は、女房たちの目にもくっきりと焼きついたことでしょう。定子サロンに清少納言あり、と評判を呼んだことは間違いありません。

定子はきっと、ここまで見越していたのではないでしょうか。清少納言に自信を与え、彼女の評判を高めるとともに、サロンの株を上げる。プロデューサーとしての高い能力を備えていたのです。だからこそ、問いかけました。

「少納言よ、香炉峯の雪、いかならむ」

それだけではありません。御簾を掲げて雪景色が見えるようにするのは、雪景色を相手に贈るようなものだと思いませんか。あげようと思ってもなかなかあげることのかなわない、壮大でロマンティックなプレゼントです。定子は、清少納言が自分をどんなに慕っているか、ちゃんと知っていました。だからこそ、愛する相手に素敵なプレゼントを贈る機会をお膳立てしてあげたのではないでしょうか。

定子という女性がこれほどの知性と細やかな配慮を併せ持つ女性だったからこそ、清少納言も心深く慕ったのでしょう。

❖今の生活に役立つヒント

定子は部下を育てるのが上手な上司になぞらえることができます。ここで定子が活用したのが「ストレッチゴール」でした。ストレッチゴールとは、背伸びをしないと届かないような高い目標のこと。企業経営においては一見不可能と思えるほど大胆な目標設定をする手法を指します。予想を超える飛躍を生むため、外資系企業を中心に多くの企業で取り入れられて注目を集めた手法ですが、定子はすでに取り入れていたと言えます。「香炉峰の雪」の問いかけによって、清少納言にストレッチゴールを与えたのです。

通常の思考の延長線上では、ストレッチゴールを達成することはできません。「どうすればこの目標を達成できるだろう?」と、無理難題に挑むことで、制約や既成概念にとらわれない枠外思考が促されるのです。清少納言も、こんなお題を出されなければ、知恵を絞って行動することはなかったでしょう。ストレッチゴールがあることで、自分の限界を突破するような斬新なアイデアが生まれるのです。

清少納言の機転――望まない戦いを挑まれたら

草の庵(いほり)を誰(たれ)かたづねむ

清少納言に難易度の高いお題を出してくるのは、定子だけではありませんでした。『枕草子』には、男友だちからも、知恵比べのような問いかけをされていたことが書かれています。

名門貴族で、天皇の側近である頭中将(とうのちゅうじょう)の要職にあった藤原斉信(ただのぶ)は、和歌や漢詩にも通じ、朗詠も得意な、宮廷女性たちの憧れでした。清少納言と親しく交流していましたが、悪い噂を真に受けて、彼女を無視するようになります。しばらく距離を置いていたものの、やっぱり清少納言との知的なやりとりがないと、なんだか物足りない……。そこで、こんな手紙を使いの者に届けさせます。

蘭省花時錦帳下（らんせいのはなのときのきんちやうのもと）

これは『白氏文集』の詩の一節。この下の句は何かと問いかけているのです。答えが「廬山雨夜草庵中（ろざんのあめのよる、そうあんのうち）」であることは、清少納言にはすぐにわかりました。けれども、「香炉峰の雪」の場合同様、これをそのまま書いても芸がありません。

そもそも手紙を書くというのは、とてもセンスを問われる行為です。どんなレターセットを選ぶか、どんな字を書くかで、人となりを推し量られることはあるでしょう。箔押しのこだわりの便箋ならば上質な生活を、流麗な美しい文字ならば知性や品位を感じさせます。今では手紙で測られるのはその人のほんの一部に過ぎませんが、当時はそこで判断されてしまう部分がとても大きかったのです。だから紙選びも慎重に考えなければいけませんし、気の利いた内容はもちろんのこと、美しい筆跡も欠かせません。

困ったことに、斉信からの手紙はお題の難易度が高いだけでなく、青い薄様（うすよう）の紙（当時もてはやされた優雅な紙）に美しい筆跡で書かれていました。すべての要素を選りすぐって、「さあ、どうだ」と言わんばかり。しかも、傍では使いの者が「お返事を早く、早く」と催促しています。さすがの清少納言もあせります。空気が張りつめる中、彼女がとった行動は……。

火鉢の中の消え炭を手に取ると、もらった紙に直接、こんな言葉を書き出したのです。

草の庵（いほり）を誰（たれ）かたづねむ

これは、『公任集（きんとうしゅう）』にある連歌の下の句です。もともと「蘭省花時錦帳下、廬山雨夜草庵中」は、「都の花のさかりに、男たちは天子のお傍近くで、錦の幕をめぐらした下で栄光に浴しているのだろう。私はと言えば、この廬山のふもとの草庵の中で、雨の夜もひとり過ごしている」という意味です。ときの権力者のもとで華やかに権勢を謳歌する人たちと、世捨て人のような自らの境遇を対比しています。『公任集』

の連歌の上の句は「九重の花の都を置きながら」と華やぐ宮中を詠んでいますから、状況もぴったりと重なります。瞬時にひらめいたこの歌を、返事にしたためたのです。

届いた手紙にそのまま返事を書いたので、紙選びのセンスを問われずにすみました。しかも用いたのは消え炭ですから、筆跡を問われることもありません。さらに、漢詩に対して和歌で返す。不要な戦いは避け、戦うところでは上手に場をスライドして、自分が優位に立てるようにする……なんて戦い上手なんだろう、と感嘆してしまいます。

実際、この返事を受け取った藤原斉信は清少納言の機知に感心し、ほめそやしました。二人の仲たがいも、解消します。

清少納言は、常に自分の立ち位置を戦略的に考えていたからこそ、こんな機転を利かせることができたのではないでしょうか。評判がすべての貴族のサロンでは、そのときどきの受け答え次第で、絶賛されることもあれば、一気に評判を落とすことだってあり得ます。まして、清少納言は注目の的。どうすれば自分の発言が引き立つか、どうすれば自分の得意な展開に持っていけるか、常に頭をフル回転させていたことでしょう。彼女の知性は、自分という素材をよく吟味して、自分を客観視するところから生まれているように感じます。

❖今の生活に役立つヒント

得意ではないことをしなければいけない立場に置かれたときや、争いごとに巻き込まれたとき、清少納言の対応はとても参考になります。

清少納言に倣って、自分が疲弊するような戦いの場には身を置かないようにすることも大切です。たとえば、常に周囲より優位に立たないと気がすまないような人と接するとき、無理に相手に合わせた対応を続けてしまうと、どんどん消耗していってしまいます。そんなときは、相手の承認欲求を満たしてあげることもひとつの手ですが、思い切って、そもそも一緒に時間を過ごさないようにする、と決めてしまうのです。相手が働きかける機会をなくしてしまいましょう。もしそれが難しい場合には、清少納言のように戦いの場をずらしてみる。話題を変えてみると、相手の気勢をそぐことができるかもしれません。

すぐにそれまでとは違う行動をとるのは難しいものです。お手本になるような人物が身近にいれば、見習って自分の行動を変えていくこともできるでしょう。けれどもそんな人物がいないときは、「清少納言だったら、どうするかな?」と、想像してみるだけでも、行動を変えるきっかけになるはずです。

額田王の本心――余計な詮索を防ぐには

あかねさす紫野行き標野行き野守は見ずや君が袖振る

万葉時代を代表する女流歌人であった額田王。もっともよく知られているのが、この歌です。

あかねさす紫野行き標野行き野守は見ずや君が袖振る

「紫草の咲く御料地の野原を行ったり来たりしながら、私に向かって袖を振るあなた。そんなあなたのふるまいを、野の番人は見とがめないかしら」。当時、袖を振る仕草には、あなたを愛していますという意味がありました。そんな求愛のサインを送って見つかったらどうするつもり、とハラハラする心情を詠んでいます。気になるサインを送ってきたのは、大海人皇子（のちの天武天皇）。額田王は、大海人皇子のかつての妻でした。けれども今は、その兄の天智天皇に召されています。ここでいう「野守」は御料地の持ち主である天智天皇のこと。ときの権力者の妻に、弟であるかつての夫が求愛のサインを送っている。見つかったらいったいどんな仕打ちを受けてしまうことか……。案じる額田王に、大海人皇子はこんな歌を返します。

紫草のにほへる妹を憎くあらば人妻故に我れ恋ひめやも

「紫草のように美しくあでやかなあなた。あなたのことが憎かったら、わざわざ人妻であるあなたに恋するでしょうか、いや、しませんよ」。反語形式で、「好きでたまらないから、人妻だとわかっていながら恋しているのです」と伝えてきたのです。天智天皇がそばにいるというのに、何とも大胆な愛情表現です。権力者である兄弟とトップ女流歌人が繰り広げる、豪華な不倫絵巻。こうなったらもう、大海人皇子も額田王も二人ともただではすまないのでは……。

実は、この二つの歌は『万葉集』の中の、公的な場で披露された歌の部門「雑歌」に収められています。恋の歌を集めた「相聞」ではないのです。ということは、天智天皇が主催した宴で、参加者たちを喜ばせるための余興であったのではないかと考えられます。トップ歌人としてどんな歌を詠むか期待された額田王は、過去の恋を匂わせながら思わせぶりな歌を詠み、場を大いに沸かせたことでしょう。大海人皇子はそれに応えて見事なパフォーマンスを披露しました。芸達者な二人だったのですね。

けれども、本当にただの宴会芸だったのでしょうか。もう恋愛感情のない相手のことなら、いくら場が盛り上がるからといっても、わざわざ歌の題材に選ばないと思いませんか。額田王ほどの歌人としての力量があれば、他にも皆を沸かせる歌を詠むことはできたはずです。それなのにかつての恋を取り上げた。それは、わざと、意図的にそうしたのだと考えられます。そうすることが、いちばん安全だから。

もしかしたら、天智天皇は額田王の心を疑っていたかもしれません。まだ大海人皇子を愛しているのではないかと疑いのまなざしを向けていたかもしれません。実際に大海人皇子への恋愛感情があれば、きっと気づかれてしまうでしょう。まして本人がその場にいるのですから、ちょっとした表情や視線で、どうしたってわかってしまいます。それなら、どうすればいいか。誰もが疑わない方法で隠すのです。あえて暴露してしまうことで。

宴の場で高らかに歌い上げれば、そこに本物の恋愛感情があるとは疑われません。もっとも人目につく公的な場だからこそ、もっとも安全な隠れ蓑になるのです。

大海人皇子の切り返しはとても見事でした。まさに当意即妙。気持ちが通じ合っているからこそ、できることでしょう。そして余興に見せかけたこのやりとりの中で、お互いの気持ちを確認し合うことができたのです。そんな得難い相手を、簡単に忘れられるでしょうか。

二人の愛と立場を守るために、額田王がとった行動の大胆さ。そこに彼女のスケールの大きさを感じます。

❖今の生活に役立つヒント

人が隠しごとをするのは、それがよくないことだと思っているから。もしくは、自分ではそうは思っていないけれど、世間ではよくないことだとされているからです。だから隠すのですが、隠せば隠すほど、まわりは詮索したくなるものですし、隠すことによってうしろめたさや罪悪感を抱え込んでしまうものです。

人に話題にされたくないことは、額田王のように、あえて自分から取り上げてしまう。それも、なるべく公的な場で。そうすることで、余計な詮索を防ぐことができます。

たとえば、社内の人と付き合っていることを隠しておきたいのに噂になってしまったら、「よく一緒にいるから、付き合っているんじゃないかって言われちゃうんですよ」と、自分から噂を持ち出してしまう。そうすれば、「そうやって自ら話題にできるくらいだから、実際は特に何もないんだろうな」と疑いを払拭するとともに、それ以上の詮索を避けることができます。

隠そうとすると人は余計に知りたくなってしまうものなので、できるだけ大っぴらにしてしまうほうが、むしろ安全なのです。

さらに、自ら暴露することで、いちばん安全な方法で隠しながらも、もはや隠しごとはしていないわけですから、罪悪感も手放すことができます。

もう隠さなくていい。そう思った額田王の心も、きっと晴れやかだったことでしょう。

大伴家持の直球──天才歌人が恋人に贈った素直な言葉

生ける世に我(あ)はいまだ見ず
言(こと)絶えてかくおもしろく縫へる袋は

『万葉集』の中でも、際立った存在感を放つのが大伴家持(おおとものやかもち)です。家持の歌は『万葉集』全体の一割以上を占め、編纂者であったとも言われます。父親は、大伴旅人(おおとものたびと)。「令和」の年号の典拠となる「梅花の歌三十二首」が詠まれた宴の主催者です。

有名な歌人の一族で、高級官吏でもあった家持には、数多くの女性から恋の歌が贈られました。ときに思い入れたっぷりに、ときにユーモラスに。あの手この手で繰り出される恋心に、家持は技巧を凝らした歌を返しました。その巧みさは、年上の歌人紀郎女（きのいらつめ）との、こんなやりとりにも窺えます。

戯奴（わけ）がため我が手もすまに春の野に抜ける茅花（つばな）ぞ食（め）して肥（こ）えませ

「おまえのために私は手も休めずに、春の野に咲くつばなを抜いてきてあげたよ。さあ、これを食べてお太りなさい」。召使いに告げる女主人のようにふざけて詠んだ紀郎女に対して、家持は答えました。

我が君に戯奴（わけ）は恋ふらし賜（たば）りたる茅花（つばな）を食（は）めどいや痩（や）せに痩す

「ご主人さまにわたくしめは恋をしているようでございます。賜りましたつばなをいただいても、痩せていくばかりでございます」。召使いから女主人へと、紀郎女の指定した役割を踏まえつつ、ユーモアを交えて返しているのです。

家持には、いとこで幼なじみの大伴坂上大嬢（おおとものさかのうえのおおいらつめ）という恋人がいました。のちに妻となった女性です。あるとき、その大嬢から、手縫いの袋をプレゼントされました。心を込めて一針一針縫ったものだったのでしょう。温かな贈りものに対して、お礼の気持ちを伝えるために、家持は歌を詠むことにします。

生まれ持った才能に加え、場数を踏んだことで、どんな歌でも詠めるような技巧と遊び心を備えた家持ですから、いったいどんな技を繰り出すのかと期待が高まります。この手縫いの袋を、何か思いもよらないものにたとえるのでしょうか。それとも、自分の気持ちをおしゃれで斬新な表現で伝えるのでしょうか。

家持が投げたのは、手の込んだ変化球ではなく、直球でした。

生ける世に我(あ)はいまだ見ず言(こと)絶えてかくおもしろく縫へる袋は

「こんなに、言葉で言い表せないほど素敵に縫ってある袋は、これまで生きてきて見たことがないよ」と、手放しでほめたたえているのです。ただ、ただ、シンプルに。自分の素直な気持ちをまっすぐに投げたのです。

家持がこの大切な場面であえて直球を投げたのは、言霊を信じていたからです。この時代、言葉には霊力が宿ると考えられていました。だからこそ、国をたたえたり、道中の無事を祈ったりする場面で多くの歌が詠まれ、『万葉集』に収録されているのです。『万葉集』の最後を飾る家持の歌に、そのことが読み取れます。

新しき年の初めの初春の今日降る雪のいやしけ吉事

「新しい年の初めの初春の、今日降る雪のように、よいことがどんどん降り積もりますように」。そんな願いで全四千五百十六首の最後を締めくくったのは、それだけ言霊を大切にしていた証拠でしょう。

多くの女性と恋の歌を交わした大伴家持が、本命の大嬢に投げた直球。それは、言葉の力を知り尽くした家持だからこそ投げられる、言霊の塊のような剛速球だったのです。

❖今の生活に役立つヒント

家持のように言霊のこもる言葉を放つことは、今の時代には少なくなってしまいました。反射的に発せられ、瞬く間に消費される言葉が大半かもしれません。けれども、たとえ言霊信仰を持つまでには至らなくとも、自分の使う言葉がどれだけ自分の心身に影響を与えるかを認識できれば、言葉の使い方も変わってくるのではないでしょうか。

日常生活を送っていると、意識の世界がすべてのように思ってしまいますが、潜在意識というものがあります。全体を百パーセントとすると、意識の世界は五から十パーセントに過ぎず、潜在意識が九十から九十五パーセントと圧倒的に大きいのです。

この潜在意識には、「主語」「自他」が認識できないという特徴があります。つまり、ある人がAさんという人の悪口を言ったとしても、潜在意識では「Aさん」が認識できず、自分のことだと認識してしまうのです。悪口を言えば言うほど、自分が悪口を言われていると受け取ってしまいます。

悪口を言ってすっきりしたつもりが、なんだか疲れを覚えた経験はありませんか。それは、口にすればするほど自分に返ってきてしまっていたからなのです。「人を呪わば穴二つ」ということわざがありますが、言霊を大切にしていた昔の人は、潜在意識のこの性質を把握していたのかもしれません。

万葉集

『万葉集』は、現存する日本最古の歌集です。飛鳥時代から奈良時代中期までの歌が収録されており、その数は全二十巻四千五百首以上にのぼります。当時はひらがなやカタカナはまだ成立していなかったため、歌はすべて万葉仮名と呼ばれる漢字のみで記されていました。国学者賀茂真淵（かものまぶち）によって、その歌風は「男性的で大らか」という意味の「ますらをぶり（益荒男振り）」と評されていますが、実際には繊細な感性が表現されたものも多く、多様な歌が収録されています。

歌の形式はなじみ深い短歌がもっとも多いですが、長歌（ちょうか）（五・七を長く繰り返し、最後を五・七・五で結ぶ）や旋頭歌（せどうか）（五・七・七・五・

七・七の形式）も含まれます。歌が詠まれた場面によって、行幸において天皇を賛美する「雑歌」、恋の思いを伝える「相聞」、人の死を嘆く「挽歌」の三つのジャンルに分けられます。また、表現形式には、思いのままを素直に述べる正述心緒や、物に託して恋の思いを述べる寄物陳思があります。

奈良時代以前は柿本人麻呂の歌が中心ですが、奈良時代以降は、選者とされる大伴家持を中心に、その父親である大伴旅人や、父方の叔母で姑（大伴坂上大嬢の母親）でもある大伴坂上郎女など、大伴氏の歌が多く登場します。また、大量の作者未詳の歌や、東国方言で詠まれた東歌、防人の歌などを含め、さまざまな身分の人の歌が収録されていることも『万葉集』の特徴です。

代表的な歌人には、本書に登場する大伴家持や額田王のほか、「歌の聖（ひじり）」と称された大歌人で天皇や皇子女に捧げる歌を多く詠んだ柿本人麻呂や、彼と並ぶ歌の名手と言われ自然風景の描写にすぐれた山部赤人（やまべのあかひと）、社会派の視線を持ち、「貧窮問答歌」で知られる山上憶良（やまのうえのおくら）などがいます。

ここでは、大伴家持の歌の指南役とされる大伴坂上郎女の早口言葉のような歌をご紹介しましょう。

来（こ）むと言ふも来（こ）ぬ時あるを
来（こ）じと言ふを来（こ）むとは待たじ来（こ）じと言ふものを

「来ようと言っても来ないときがあるのに、来ないと言うのを来るだろうと思って待つことはするまい。来ないと言うのに」。せわしなく揺れ動く心をそのまま描写して、どこかおかしみが漂います。

洒脱

石川郎女の受容―不満や悩みを打ち明けられたら

我（あ）を待つと君が濡（ぬ）れけむあしひきの
山のしづくにならましものを

恋人がすねて文句を言ってきたとき、どう対応するのがいいのでしょうか。

相手にも非があると自分の正しさを主張して、言い争いに勝てたとしても、お互いの心は離れてしまいます。すねた態度の背後にある甘えを上手に掬い取って対応してみせた、お手本のような女性が『万葉集』に登場する石川郎女（いしかわのいらつめ）です。

恋人の大津皇子（おおつのみこ）が、彼女にこんな歌を詠みました。

あしひきの山のしづくに妹（いも）待つと我れ立ち濡れぬ山のしづくに

「君の来るのを待って、夜更けの山の木陰に立っていた。けれども君がなかなか来てくれないから、木から落ちるしずくに濡れてしまった」。当時の恋人たちは、人目を忍んで夜更けの山の中で逢うことがありました。大津皇子も、約束をしていたのでしょう。なかなか現れない彼女を待つ間に、すっかり雨に打たれてしまいました。

待っている時間は、長く感じるものです。ましてその相手が恋人であれば、なおさらのこと。そこに雨が降ってきたら、いたたまれない気持ちにもなるでしょう。「僕はこんなに大変な目に遭ったんだよ」と、すねるそぶりが感じられます。そしてその奥には、「こんな目に遭っても、僕は君を待っていたんだよ」という愛情の訴えもあるようです。石川郎女は、待たせてしまった言い訳も、謝ることもしませんでした。代わりに、こんな歌を返します。

我（あ）を待つと君が濡（ぬ）れけむあしひきの山のしづくにならましものを

「私を待つと言ってあなたが濡れた、その山のしずくに私もなりたいものね」。大津皇子が詠んだ「山のしづく」という言葉を上手に使いながら、自分もそうなりたいというのです。山のしずくは、石川郎女と違って大津皇子の身体に触れています。しっとりと濡れた艶っぽさが歌に漂いながらも下品になることはなく、相手の思いをすべて受容する懐の深さを感じさせます。

　こんな受容力を備えた石川郎女に想いを寄せたのは、大津皇子だけではありません。彼の異母兄である草壁皇子（くさかべのみこ）も、「ほんのひとときですら、あなたのことを忘れはしない」という熱い思いを込めた歌を贈っています。けれども彼女はこの歌に返事をすることはありませんでした。やがて、大津皇子は政争に巻き込まれ、若くして命を終えます。そこには草壁皇子の存在も影響していました。母親であり、のちに持統天皇として即位する鸕野讃良皇女（うののさららのひめみこ）が、息子よりも皇位を継ぐ資質に恵まれた大津皇子に脅威を覚え、奸計をめぐらしたのです。政治的に緊張感をはらんだ関係になったのは、石川郎女をめぐる恋の勝敗も影響していたのかもしれません。

二人の皇子が亡くなった後も、石川郎女は生きて、また恋をします。

古(ふ)りにし嫗(おみな)にしてやかくばかり恋に沈まむたわらはのごと

「ずいぶん歳をとったというのに、まるで童女のように、こんなに恋の物思いに沈んでしまうなんて……」。嘆きつつも、そんな自分をどこか客観的に眺めています。人は愚かしいことをしてしまういきもので、そこが愛おしくもあります。大津皇子を包み込んだように、愛すべき存在のひとりとして、石川郎女は自らをも受容することができる人だったのです。そこに感じるのは、自他の垣根のなさです。誰しも自分のことを特別視したりかわいがったりするものですが、石川郎女にとっては、自分すらも特別な存在ではなく、あまたいる人間のひとりにすぎないかのようです。彼女の受容力は、そんなある種の達観から生じているのかもしれません。

❖今の生活に役立つヒント

文句を言われたときに言い訳をすれば、お互いに自分の都合を主張したり、相手が自分にこれをしてくれない、自分はこれをしてあげたのに、といった点のつけ合いになったりしてしまいます。かといって謝ったのでは、そこにある種の上下関係ができてしまうこともあります。罪悪感を抱かせることで自分が優位に立とうとする人が相手なら、なおさらです。

石川郎女はどちらの罠にもはまることなく、すべてを包み込んでしまいました。

幼い子が転んだとき、大したけがはしていなくても、気づいてもらいたくて泣くことがあります。自分が痛い思いをしたことを知ってほしくて、かまってもらえるまで泣き続けるのです。郎女は、「こんなにけがをして大変！」と騒ぎ立てるのでもなく、「こんなところに石が落ちてる。このせいで転んだのね。悪い石ね」と何かを罰することで感情をなだめるのでもなく、ただ静かに抱きしめて「そうね、痛かったのね」と声をかける母親のようです。

このような対応は、悩み相談をされたときにも有効です。

心理カウンセラーになるための勉強をする際、最初に学ぶことのひとつにアクティブ・リスニング（積極的傾聴）があります。これには、「相手の言葉を繰り返す」「話をまとめる」「気持ちを汲む」という三つの要素があります。たとえば、「毎日残業してがんばっているのにAの案件もBの案件もダメになっちゃって、この仕事でいいのかなって……」と言う相手には、「自分なりにがんばっているのに結果が出ないから、今の仕事に向いていないのではと不安になっているんだね」というように。

　石川郎女の歌も、大津皇子の使った「山のしづく」という言葉を繰り返しながら、彼が待っていて濡れてしまったことを歌の中でまとめ、そんな自分を受け止めてほしいという大津皇子の気持ちを汲んでいました。「うん、うん、そうね。大変だったのね」とうなずきながら聴いてくれている姿が思い浮かびます。

大神朝臣奥守の友情——怒りをぶつけずにすむ方法

仏造るま朱足らずは水溜まる池田の朝臣が鼻の上を掘れ

『万葉集』には風雅な歌が収められているイメージがあるかもしれませんが、実際には面白おかしい歌も数多く登場します。そんな歌ばかりを集めた巻まであるほどです。その中でも有名なのが、池田朝臣と大神朝臣奥守のやりとりです。

まずは、「池田朝臣の、大神朝臣奥守を嗤へる歌一首」。

寺々の女餓鬼申さく大神の男餓鬼賜りてその子産まはむ

「寺々の痩せこけた女餓鬼どもが言っていたぞ。あの大神朝臣を婿にもらって、その子どもをどんどん産もうって」。大神朝臣は、ひどく痩せた人だったようです。そんな彼をからかって、ガリガリだから女餓鬼のお相手にぴったりだと言うのです。

大神朝臣も、負けてはいません。「大神朝臣奥守の、報へ嗤へる歌一首」。

仏造るま朱足らずは水溜まる池田の朝臣が鼻の上を掘れ

「仏像に塗る赤い粘土が足りないときは、池田朝臣の鼻の上を掘るといいぞ。あの赤鼻からは赤い粘土がたくさん採れるだろう」。池田朝臣は目立つ赤鼻の持ち主だったようで、それをからかっているのです。「水たまる」は「池」につく枕詞ですから、からかい方も手が込んでいます。さらに「寺」に応えて「仏」を用いることで、池田朝臣の歌を受けてもいます。怒って言い返したというよりは、どうやったらもっと面白く返せるかと工夫を凝らすような、余裕すら感じられます。

お互いの肉体的コンプレックスをこんなふうに扱っていることに驚きますが、そこには時代的な大らかさもあったでしょう。それに、二人のやりとりはとても楽しげです。挨拶代わりに普段からこうしてやり合っていたのだろうと想像できます。大神朝臣も池田朝臣も、お互いのことをからかいながらも、認め合っている雰囲気が伝わってきませんか。

親同士の会話で、「うちの子は出来が悪くて」という発言があったとき、それを耳にした子どもが「自分はだめなんだ」と自信を失ってしまうことがあります。「たとえ自分がどんな子どもでも、親は自分を愛してくれている」と信じることができないので、何かを達成することでしか認めてもらえないと思い込んでしまうのです。同時に、自分の欠点を指摘されることにも過敏に反応するようになってしまいます。けれども「自分は親に愛されている」という自信があると、「うちの子は出来が悪くて」という言葉の背後にある、「うちの子がかわいくて仕方ない」という親のメッセージを汲み取ることができます。池田朝臣も、大神朝臣奥守も、お互いの言葉の背後に、「お前は面白い奴だな」という好意的なメッセージを感じ取っていたのではないでしょうか。

そんな二人の関係性が土台にあるから、外から見れば痛烈な皮肉も、本人たちには明るく響いており、その楽しさがこちらにも伝わってくるのでしょう。

❖今の生活に役立つヒント

怒りは第二感情だと言われます。怒りが生じるとき、そこには第一感情があるのです。たとえば、「痩せていることを自分は気にしているから、池田朝臣はそれをからかったりしないだろう」という期待が大神朝臣にあれば、からかわれたときに怒りが生じます。けれども「いたずら好きの池田朝臣なら、自分が痩せていることをからかってくるだろうな」と思っていれば、実際にからかわれても怒りは生じません。もともとの期待がないからです。

仕事を部下に頼んだとき、「任せてください」と言って引き受けたにもかかわらず、蓋を開けてみたらまったく何もやっていなかったとします。こんなときも、怒りが湧いてくるでしょう。「あんなに自信たっぷりに引き受けたのだから、しっかりやるはずだ」という期待があるからです。けれども、これが毎回口だけの部下だったとしたら、どうでしょう。いくら「任せてください」と言っても、「調子のいいことを言っているけれど、今回もどうせやらないんだろうな」と思うのではないでしょうか。実際に蓋を開けてみて何もやっていなかったとしても、怒りは湧かないはずです。「やってくれるだろう」という期待がないからです。

このように相手への期待が第一感情の場合もあれば、相手を心配する気持ちが第一感情の場合もあります。たとえば、デパートで子どもが迷子になったとします。アナウンスをかけてもなかなか見つかりません。三十分ほどしてようやく見つかったとき、親はこの子になんと声をかけるでしょうか。「一体どこに行っていたの！」と叱り飛ばしてしまうのではないでしょうか。どうして怒るのかといえば、危ない目に遭っているのではないかという心配があったからです。よその子どもであれば、「見つかってよかったね」と言ってすむことです。

怒りをコントロールする心理トレーニングとしてアンガーマネジメントが注目されているように、怒りをうまく抑えることができずに悩んでいる方は多いものです。怒りが生じたときは、まず怒りは第二感情であることを思い出しましょう。そのうえで自分の第一感情は何なのか、相手に何か期待していたのか、それとも相手のことを心配していたのかを考えてみましょう。第一感情を探るくせがつくと、場当たり的に相手に怒りをぶつけることはなくなります。

笠郎女の内省 ― ユーモアを交えて自分を眺める

相思(あひおも)はぬ人を思ふは大寺(おほてら)の餓鬼(がき)の後方(しりへ)に額(ぬか)つくごとし

池田朝臣が大神朝臣奥守をからかうのに用いた餓鬼を題材に、ユーモアあふれる恋の歌を詠んだ女性もいました。当時の実力派歌人、笠郎女(かさのいらつめ)です。

相思(あひおも)はぬ人を思ふは大寺(おほてら)の餓鬼(がき)の後方(しりへ)に額(ぬか)つくごとし

「相思相愛になれない相手のことを思うのは、大きなお寺の餓鬼を後ろから拝むようなものね」。餓鬼の像は、お寺の片隅にある、拝んでもご利益のない存在です。ましてそれを後ろから拝むのですから、さらにご利益がないことが強調されます。

笠郎女がこの歌を贈った相手は、あの大伴家持でした。『万葉集』の巻四には、笠郎女から家持に贈られた恋の歌が、なんと二十四首も並びます。餓鬼を用いたユーモラスな歌だけではなく、題材も舞台設定も、実に多彩でした。しっとりとした風情の中に、官能的な映像を想起させるような、こんな歌もあります。

夕されば物思ひまさる見し人の言(こと)とふ姿面影にして

「夕方になれば、もの思いが募ります。話しかけてくれたあなたの姿が目の前にちらついて……」。好きな人について詠む笠郎女の記憶は、彼女に話しかける家持の口もとへとカメラがクローズアップしていくようです。直接的な表現はないのに、官能的な情景を思い起こさせる歌です。

こんな巧みな歌の数々を贈ったにもかかわらず、家持の態度は冷たかったようです。大嬢には手放しでほめたたえる直球を投げ、紀郎女とは気の利いたやりとりを楽しんでいたというのに……。

笠郎女は、嘆きを深めていきます。

思ひにし死にするものにあらませば千(ち)たびぞ我れは死にかへらまし

「もし恋の思いに苦しんで死んでしまうものならば、私は千遍も繰り返し死んだことでしょう」

天地（あめつち）の神に理（ことわり）なくはこそ我が思（も）ふ君に逢はず死にせめ

「天地の神の道理がないのならば、恋しいあなたに逢わぬまま、きっと死んでしまうでしょう」。そんな非情なことがあっていいものか、あなたに逢わずにはいられない、と苦悶するかのようです。「千遍も」「天地の神」と大仰な表現に加え、「死」という言葉を使うことで恋の苦しみを訴え、激情をぶつけたのです。

生の感情を投げつけられたことで、かえって気持ちが引いてしまったのでしょうか。家持は笠郎女の心を落ち着かせる言葉を返すことはありませんでした。

このまま思いつめたら、本当に恋のつらさのあまり死んでしまうのではないか……。いったい次はどんな情念のこもった歌が登場するかと心配になりますが、そこで詠まれたのがこの歌だったのです。

相思はぬ人を思ふは大寺の餓鬼の後方に額つくごとし

まるで自分の身体からすっと離れて自分を見下ろすように、「私はいったい何をやってるんだろう、仕方ないなあ」と自分を客観視しているのです。それも、恋の歌の題材には縁遠い、ユーモラスな餓鬼を使って。

最初は面白おかしく思えた歌が、笠郎女の心の遍歴をたどっていくと、見え方が変わってきます。底なしの沼へと沈んでいくような重く苦しい心理状態から、抜け出してたどり着いた境地だったのです。

家持との恋は、実ることはありませんでした。けれどもこんなユーモアと自分を客観視する力を備えた笠郎女なら、恋を失っても自分を見失うことはなかっただろうと思えるのです。

家持もまた、編纂者として彼女の歌をずらりと並べたのには、歌人としての力量への敬意だけでなく、恋の苦しみにもがきながらも、そこから解脱したかのような彼女の精神に対する敬意もあったのかもしれません。

❖今の生活に役立つヒント

何かつらい経験をすると、その経験にどっぷりとはまり込んでしまいがちです。それではつらさが深まるばかりで、浮き上がることはできません。そんなときは、自分を離れて外に出るかのように、自分の置かれた状況を客観視してみることで、気持ちが楽になります。ユーモアを交えて自分を眺めることができれば、絶望的に思えた状況にも、活路を見いだすことができるでしょう。

とはいえ笠郎女のように面白おかしく捉えてみせることは、なかなか難しいかもしれません。歌人として多彩な状況設定ができる実力があったからこそ、自らにもそれを応用できたのでしょう。短歌や俳句を詠むことは、自己を客観視する訓練を積むことでもあります。短歌や俳句を詠むというとハードルが高く感じられるかもしれませんが、日常の重荷を軽くしてくれるひとつの手段と捉えれば、創作を身近に感じられるのではないでしょうか。自分でも詠んでみると、ただ鑑賞していただけのときとは、人の詠んだ作品の感じ方がまた違うことに気づくでしょう。どうしてそのように詠んだのか、背後にある思索や工夫が見えるようになるかもしれません。詠み手側にまわると、好きな作品のどこがなぜ好きなのかがわかってくるので、自分をよりよく知ることにもつながります。

定子の細心―人の上に立つ者の気づかい

いみじくはかなきことにも慰むなるかな

清少納言には、長い間引きこもりをしていた時期がありました。この時期は、実は、定子にとってもっともつらい時期でした。父である関白道隆が世を去り、兄弟たちも政争に巻き込まれて罪に問われ、定子も自ら髪を切って出家をしてしまいます。出家といってもお寺に入るのではなく、屋敷の中で謹慎して暮らしていました。誰よりも定子を慕っていた清少納言ですから、本当ならそばでお仕えして支え、励ましたかったはずです。それができなかったのは、政敵と通じていたのではないかと噂を立てられていたからです。定子の覚えがめでたかった清少納言への、女房たちの嫉妬も噂の背後にあったでしょう。

そんな事情で里下りをしていた清少納言のもとに、あるとき定子から贈り物が届きます。

めでたき紙二十を包みて、賜はせたり。

素晴らしい紙二十枚が贈られてきたのです。そこには「疾（と）くまゐれ」との添え文がありました。噂を気にして引きこもってしまった清少納言に対して、早く出ていらっしゃいと呼びかけているのです。

紙を贈ってきた背景には、以前の二人のやりとりがありました。

腹の立つことがあって、ほんの少しでも生きていたくなくなって、「もうどこにでも行ってしまいたい」と思っているときでも、まっさらな紙や上等な紙を手に入れると心が晴れて、まだしばらく生きていてもいい気がする――清少納言がそう語ったことがあるのです。

「いみじくはかなきことにも慰むなるかな。『姨捨山（をばすてやま）の月』は、いかなる人の見けるにか」

「ずいぶんちっぽけなことで気が晴れるのね。『姨捨山の月』は、いったいどんな人が見たのかしら」。定子はそう言って笑いました。老母を捨てる伝説の姨捨山を見るだけでも悲しくなるという歌を引き合いに出し、喜び上手な清少納言はまるで真逆だとからかっているのです。

そんな些細なやりとりを、定子は覚えていてくれたのでした。さらに添え文には、「あんまり上等の紙じゃないから、長生きできるというめでたいお経は書けそうにないけれど」という冗談までも書かれていました。あの日の清少納言の言葉を忘れていないことを、気の利いた表現で伝えてくれたのです。

やがて、心動かされた清少納言は、ふたたび宮仕えに戻りました。人生でもっとも苛酷な時期を過ごしていたはずの定子。痛々しい姿や、落ちぶれた様子になっていたら……そんな清少納言の心配は杞憂に終わります。定子は変わらず、優雅な主君としての姿をとどめていたのです。それだけではありません。遠慮がちに几帳になかば隠れるようにして控えていた清少納言に、笑いを含んだ声でこう言ったのです。

「あれは、新参（いままゐり）か」

新参者がいるのかと、ものおじしている様子の清少納言をからかってみせました。笑いが生まれることで、清少納言もまた古巣に溶け込むことができたのです。定子は、場を和ませることだけでなく、宮仕えを始めた当時の清少納言のことも、きっと頭にあったのでしょう。素敵な紙があれば生きていられるという発言を受けての贈り物だったのと同様に、清少納言が本当に新参者だったときの姿を受けての発言だったはずです。

「あの頃の様子を覚えているわよ。そしてその後の、私たちの楽しく懐かしい時間も。またそんな時間を一緒に紡いでいきましょうね」。短い言葉の中に込められた定子のメッセージを、清少納言は受け取ったのではないでしょうか。

どんなに些細なことでも、この方はしっかり見ていてくれる。そして心に刻んでくれる——そう信頼できる定子だからこそ、清少納言は心深く慕ったのでしょう。そして『枕草子』に書いたのです。

定子は高貴な生まれ故に多くの女房を抱える身でしたが、人の上に立つのを当たり前と受け止めることはありませんでした。その立場にふさわしい人間であるよう、細心の注意を払いながら、常に自らを律して生きてきたのです。

❖今の生活に役立つヒント

定子が清少納言に紙を贈るきっかけになった些細なやりとりのように、ふとした会話の折に出てくる、ちょっとした情報があります。重要な事柄であれば、その場にいた誰もが覚えているでしょう。けれども、たとえば好きな食べ物や関心を持った記事、試験に合格した記念日などは、話を聞いても忘れてしまう人が大半です。だからこそ、それを覚えておくことは、相手にとって大きな意味を持ちます。

「この地方の名物が好きだって話していたから」と、お土産に好物を手渡されたら、「こんな些細なことまで覚えていてくれたんだ」とうれしく思うのではないでしょうか。些細なことを覚えているというのは、それだけ相手に注意を払い、大事にしている証拠です。だから相手の自己重要感（自分は重要な存在であるという自己認識）を満たすことになるのです。それに、些細に思えることにも、実は相手自身も気づいていない、重要な意味が隠れていることがあるのです。実際、定子が紙を贈ったことで、清少納言は「ものを書く」という、彼女にとって生きていくうえでかけがえのない行為を実現することができたのです。

枕草子

『枕草子』は、平安時代中期の一〇〇〇年頃に、一条天皇中宮定子（ていし）に仕える女房清少納言によって書かれた随筆集です。約三百の章段から成り、「類聚（るいじゅう）的章段」「随想的章段」「日記的章段」の三つに大きく分類されています。

「類聚的章段」には、「ありがたきもの」「うつくしきもの」など、ものづくしと呼ばれる「～もの」で始まる諸章段のほか、「虫は」「鳥は」など、「～は」で始まる諸章段があり、同種類のものを連想によって並べています。「随想的章段」は日常生活で出逢った風物や人事を観察して感想を述べたもので、有名な「春はあけぼの」もここに分類されます。「日記的章段」では中宮定子やその父道隆、同母兄弟伊周・隆家ら中関白家の人びとの華やかな姿と教養あふれるやりとりが多く描かれています。

作者である清少納言の本名や生没年は未詳です。清少納言というのは女房名で、「清」は清原氏の略称です。父親は三十六歌仙に数えられた高名な歌人の清原元輔で、父親の名に遠慮して清少納言は和歌を詠むことには慎重であったと自ら述べています。和歌や漢籍への幅広い教養は、清原家の家学として習得されたもののようです。

十六歳で橘則光と結婚して則長をもうけますが、この結婚は十年ほどで終わります。そして二十八歳で定子の後宮に出仕して宮廷生活が始まりました。定子サロンで活躍しますが、道隆の没後は藤原道長との同族間の権力闘争によって定子も凋落し、第二皇女の出産時に薨去したため、清少納言も宮仕えを三十五歳で終えます。その後に脩子内親王あるいは上東門院彰子（しょうし）の女房として仕えたという説もあります。やがて摂津守（せっつのかみ）藤原棟世（むねよ）と再婚し、子馬命婦（こうまのみょうぶ）をもうけます。晩年は定子陵近辺の月輪（つきのわ）で暮らしたとも言われます。

定子が斜陽の身になってから書かれたものでありながら、『枕草子』の中には不遇を嘆く内容やみじめな内容はなく、往時の華やかさを描き出すことに焦点が当てられています。どう書くかだけではなく、何を書くかという取捨選択にも、清少納言の生き方が反映されていることが感じられます。

遭遇

但馬皇女の不測―思いがけない行動をとってしまったら

人言（ひとごと）を繁（しげ）み言痛（こちた）みおのが世にいまだ渡らぬ朝川（あさかは）渡る

自分がこんなことをするなんて思いもしなかった……。

ある目的を達成しようと夢中になって突き進んでいると、幸か不幸か、自分の見知らぬ自分と出逢ってしまうことがあります。但馬皇女（たじまのひめみこ）も、そのひとりでした。

但馬皇女は、天武天皇の皇子である高市皇子（たけちのみこ）の若い妃でした。高市皇子には、同じ天武天皇を父に持つ、穂積皇子（ほづみのみこ）という異母弟がいました。この穂積皇子と、但馬皇女は恋に落ちてしまったのです。

現代の日本のように婚外恋愛にきびしい目が向けられることはなかったとはいえ、高貴な身分の人妻にとっては、人目を忍ぶ、道ならぬ恋でした。許されないからこそ、恋人への思いはより切実になったのでしょうか。但馬皇女は穂積皇子へとなびく心を歌に詠みました。

秋の田の穂向（ほむ）きの寄れる片寄（かたよ）りに君に寄りなな言痛（こちた）くありとも

「秋の田の稲穂が風に吹かれ、一方向になびくように、私はあなたになびきたい。たとえ人に激しく噂されようとも」。恋心とともに、決意を感じさせる歌です。

そしてついに、こんな大胆な行動に出るのです。

人言(ひとごと)を繁(しげ)み言痛(こちた)みおのが世にいまだ渡らぬ朝川(あさかは)渡る

「人に激しく噂されて煩わしいので、私は生まれて初めて朝の川を渡ります」。人目につかぬよう、高貴な身分の女性だとわからぬように身をやつして、まだ明けやらぬ朝、川を渡って恋人のもとへと向かっていったのです。川の水はきっとまだ冷たかったことでしょう。その冷たさを感じながら、但馬皇女は何を思ったのでしょう。穂積皇子に逢える喜びで満たされていたのでしょうか。それとも「私は一体何をやっているのだろう」とどこか自分を客観視していたのでしょうか。地位ある女性として守られて生きてきた中では、決して知ることのなかった世界。思いがけず飛び込んでしまった世界のざらりとした感触に、それまで見えていた世界の皮が剥がれてしまったように感じたかもしれません。そして、荒涼とした景色の中にひとりでたたずむような心もとなさを覚えたかもしれません。

「ルビコン川を渡る」という、ローマの軍人カエサルの故事を背景にした表現があります。これは後戻りできない道を踏み出すことを意味しており、洋の東西を問わず、『万葉集』の中でも、川を渡ることには、越えてはいけない一線を越えることが暗示されているようです。その一線を越えたとき、生まれてはじめて出逢う見知らぬ自分に、驚き慄く思いがあったのではないでしょうか。

やがて高市皇子が亡くなり、ついで但馬皇女も世を去ります。穂積皇子はひとり、この世に残されました。

穂積皇子から但馬皇女への返歌は、残っていません。けれども彼が後年、好んで詠んでいた歌があります。

家にある櫃（ひつ）に鏁（かぎ）さし蔵（をさ）めてし恋の奴（やっこ）がつかみかかりて

「家の唐櫃（からびつ）に鍵をかけて閉じ込めておいたはずの恋のやっこが、どうしたことか、勝手に出てきてつかみかかってくる」。思いもよらない不意打ち。こんな不意打ちこそまさに、但馬皇女にも襲いかかり、朝川を渡らせたのでしょう。

❖今の生活に役立つヒント

心理学には、「ジョハリの窓」と呼ばれる自己分析の方法があります。自分も他人も知っている「開放の窓」、自分は知っているけれど他人は知らない「秘密の窓」、自分は気づかないけれど他人は知っている「盲点の窓」、自分も他人も知らない「未知の窓」の四つに自分を分けて考えるものです。

よりよいコミュニケーションのためには、開放の窓の領域を広げることが重要です。自分からもっと人に自分の話をして自己開示をすることで、秘密の窓が小さくなります。同時に、人からの指摘に耳を傾けて、自分がどう見られているのか自己認識をすることで、盲点の窓を小さくできます。但馬皇女はいわば、未知の窓が恋によっていきなり開いたようなものと言えるでしょう。

　自分の中にも未知の窓がある。そう知っていれば、思いがけず未知の自分と出逢ってしまったとき、「これは自分ではない」と否定したり抑圧したりしてつらくなることなく、「これも自分の一部」と受け容れることができるでしょう。

開放の窓

自分も他人も
知っている部分

盲点の窓

自分は気づかないけれど
他人は知っている部分

秘密の窓

自分は知っているけれど
他人は知らない部分

未知の窓

自分も他人も
知らない部分

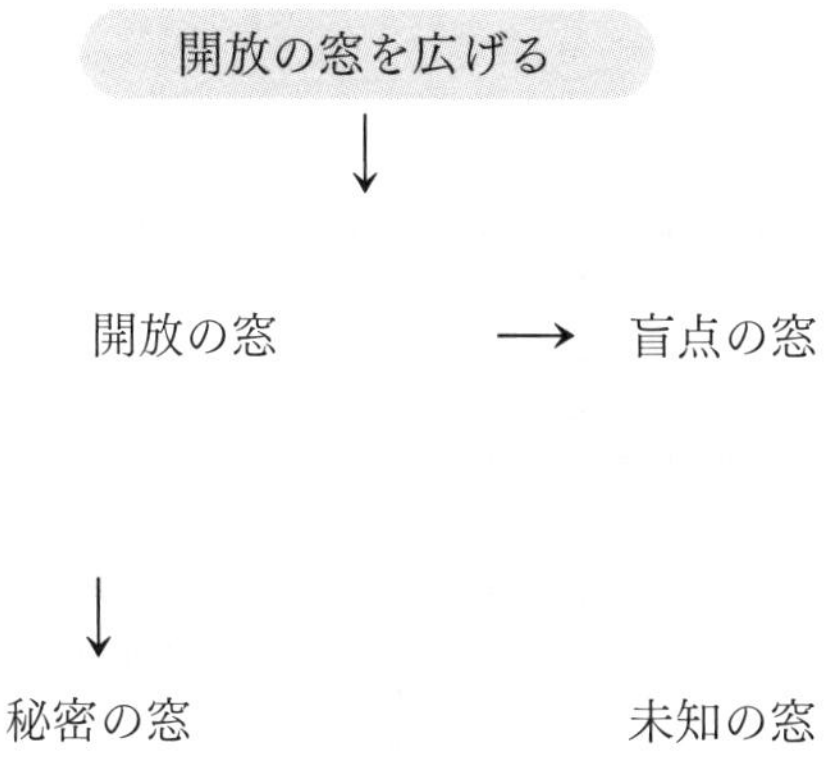

開放の窓を広げる

↓

開放の窓 → 盲点の窓

↓

秘密の窓 未知の窓

石之日売の投影――隠れた願望に気づく方法

己が君の御手に纏かせる玉釧を、
膚も熅けきに剝ぎ持ち來て

『古事記』に登場する、嫉妬深い女性の代表が石之日売です。どれほど嫉妬深いかというと、夫が浮気をすると、「足もあがかに嫉みたまひき」。なんと文字通り地団太を踏んで嫉妬したほどでした。

その夫は、「民のかまど」の逸話で知られる仁徳天皇。高いところにのぼり、土地の様子や人々の生活状況を見る国見をしたとき、民家から炊飯の煙が出ていないのを見て民の貧窮を知った天皇は、税を三年間免除しました。のちに国見をすると、今度は炊飯の煙が立ち上っていました。それを見て「民のかまどはにぎはひにけり」と喜んだのです。この逸話から、名前の通り徳の高い天皇のイメージがありますが、『古事記』でこの後に続くのは、浮気話の数々なのです。

仁徳天皇は、石之日売が留守の隙をついては、お気に入りの女性を呼び寄せていました。浮気が発覚するたび、石之日売は怒り狂います。その怒りの表現の激しさは、まるでオペラの一幕を見るようです。あるときなどは、宴のために盃に用いる御綱柏（みつながしわ）（木の葉）を集めて帰る途中の船で、侍女の報告で浮気を知り、せっかく集めた御綱柏をすべて海に投げ捨ててしまったほど……。機嫌を直してもらうために天皇も大変な思いをするのですが、それでも懲りずに浮気を繰り返すのでした。

そんな仁徳天皇が目をつけた女性のひとりが、女鳥王（めどりのおおきみ）でした。仲介役に自分の弟である速総別（はやぶさわけ）を遣わして自分のもとに召そうとしますが、女鳥王は速総別が気に入り、すぐに二人は結ばれます。さらに、女鳥王は速総別に天皇への謀反をそそのかしたのです。それを知った天皇は激怒し、二人を討伐するために軍隊を出しました。二人は手に手を取って必死で逃げたものの、ついには軍によって殺されてしまいます。

事件の落着後、宮中で宴が設けられました。そこで石之日売は、軍の隊長の妻の腕に目をとめます。そこには、女鳥王の玉釧（たまくしろ）（腕輪）が……。石之日売は隊長を呼び出し、こう告げました。

「己が君の御手に纏かせる玉釧を、膚も熅けきに剥ぎ持ち來て、卽ち己が妻に與へつる。」

「おのれの主人とも言えるお方の手に巻かれた玉釧を、まだ肌も温かいうちに剥ぎ取ってきて、それをすぐに自分の妻に与えるとは」。なんとさもしいことをするのかと隊長を責め、死刑を宣告したのです。

　憎い恋敵であったはずの女鳥王なのに、こういう形で彼女が冒涜されたことを石之日売は許せませんでした。女鳥王は謀反人ですから、弔いなどは望めません。だからといって、まだ肌も温かいうちに剥ぎ取るなんて……。女鳥王のために怒りを覚える自分に遭遇して、いちばん驚いたのは石之日売自身だったかもしれません。そしてその怒りは、隊長の人間的なさもしさだけに向けられたものではありませんでした。

石之日売は、浮気を繰り返されても、仁徳天皇のことを深く愛していたのです。神聖な椿に夫をたとえた天皇讃歌まで詠んでいるほどです。愛情が深いからこそ、地団太を踏んで嫉妬し、御綱柏をすべて海に投げ捨ててしまうほどに怒りを爆発させたのです。本当は相思相愛になり、互いに思い合う関係でいたかったのでしょう。けれどもそれが叶わない中、手に手を取り合って逃げていた速総別と女鳥王に、自らの理想を重ね合わせて見ていたのではないでしょうか。だからこそ、それを汚されることが許せなかったのです。

❖今の生活に役立つヒント

石之日売が自分の理想を速総別と女鳥王の関係の中に見ていたように、気づかぬうちに人の中に自分の理想を投影していることがあります。自覚があれば相手への憧れというわかりやすい形になって現れますが、自覚していない場合、ネガティブな感情として現れることもあります。

人のことが気に障ったり、羨ましく感じられたりするときは、このように自分の中で抑圧されている感情や欲求に気づくチャンスです。

たとえば、取り分けた後に食事がまだ残っているとき、「私はいいですよ、どうぞ」とみんなが譲り合っているのに、「じゃあ、いただきます」という人が気に障ったとします。それは、「そう言ったら遠慮がない人だと思われる」などと周囲の目を気にして「本当は食べたい」という感情を押し殺していたからです。食べたいと思っていなければ、「食べてくれる人がいたから、無駄にならなくてよかった」と思うはずです。

お菓子をつくるのが好きで、趣味が高じてお店を始めた人を見て、羨ましく感じたとします。それは、自分でもお店を始めたいという欲求があるのかもしれません。そうでなければ、「行ってみよう」「がんばってほしい」と思うくらいでしょう。そんなときは、何を羨ましく思ったのかを詳しく分析してみましょう。趣味を仕事にしたことでしょうか、起業したことでしょうか、それともその人がメディアで取り上げられて華やかに見えたことでしょうか。それを探ることで、自分の隠れた欲求に気づくことができます。

鏡王女の隠水（こもりず）―心を水にたとえる

秋山の木（こ）の下隠（したがく）り行く水の我れこそ増さめ思ほすよりは

人の魅力には、さまざまな表れ方があります。一見してわかりやすい華やかな魅力を放つ人もいれば、内に秘めた魅力がふとした瞬間に露わになる人もいます。『万葉集』での権力者たちとの恋絵巻を繰り広げた額田王が前者なら、姉の鏡王女（かがみのおおきみ）は後者でしょう。スター歌人としてきらびやかな存在だった妹に比べると、地味な存在かもしれません。けれども、その秘めた魅力が立ち現われ、力強く迫ってくる歌があります。
それは、天智天皇から贈られた歌への返歌でした。天皇が詠んだのはこの歌です。

妹が家も継ぎて見ましを大和なる大島の嶺に家もあらましを

「おまえの住む家をいつも見ていたいから、私の今いるこの場所からも目の届く、あの大和の大島の山に、おまえの家もあればいいのにな」。挨拶代わりのような素朴な歌に、鏡王女はこう返したのです。

秋山の木の下隠り行く水の我れこそ増さめ思ほすよりは

「秋の山の木の下に隠れて密かに流れていく水のように、たとえ表面には出なくても、あなたが思ってくださるよりも、私はあなたをお慕いしているのです」。心に秘めているけれど、私の思いのほうがずっと強いのですよ、と自信に満ちているようです。

「私のほうがあなたを好きなの」というかわいらしい告白と解釈されることもありますが、むしろ静かで揺らがない芯を感じさせるのではないでしょうか。

隠水（こもりず）は、秋の木の葉に覆われて見えないけれど、たゆまず流れ続けています。ひんやりと冷たい水は、清冽さを感じさせるもの。そして、水は柔軟です。流れる場所に沿って自在に形を変えながらも、水であり続けます。熱く、相手を焼きつくして一体化する火ではなく、水に自分の思いをたとえるところに、人知れず育んでいる、純度の高い思いへの矜持と、ぶれない自己が窺えます。

水は、ときには奔流となる力をたたえてもいます。こうして内に秘めて抑えているけれど、いざとなれば激しくあふれ、すべてを押し流すこともできるのですよ——内面で育んできた力が生む迫力。地味な女だと思っていた鏡王女の凄みに、天智天皇はたじろぎます。鏡王女の本来の姿に、このときはじめて出逢ったのです。主導権を握っているのは自分だと鷹揚に構えていたら、自分は手のひらで転がされていた——そんなふうに、構図が反転して見えたかもしれません。

のちに鏡王女は、天智天皇から臣下の藤原鎌足に下賜されます。女性がまだ所有物として扱われていた時代でしたので、功績に対する褒賞として与えられたのでした。このような形で天智天皇が鏡王女を手放したのは、愛が冷めていたからだけではなく、彼女に感じた畏怖もあったかもしれません。ただの大人しい女性なら、そばに置いておくことができます。けれども底知れぬ激しさをたたえていることを知ったなら、もはや安心してそばに置いておくことはできません。

残酷な運命に思えますが、その後、鏡王女は藤原鎌足に正妻として丁重に迎えられ、子どもも生まれ、幸せな一生を送ったと伝えられています。きっと水のように置かれた場所でその姿を変えながらも、自分の芯を失うことなく、人生の航路に沿って流れていったのでしょう。

❖今の生活に役立つヒント

鏡王女の歌は、茨木のり子の詩「みずうみ」を連想させます。『おんなのことば』（童話屋）より、一部を引用します。

人間は誰でも心の底に
しいんと静かな湖を持つべきなのだ

田沢湖のように深く青い湖を
かくし持っているひとは
話すとわかる　二言　三言で

それこそ　しいんと落ちついて
容易に増えも減りもしない自分の湖
さらさらと他人の降りてはゆけない魔の湖

教養や学歴とはなんの関係もないらしい
人間の魅力とは
たぶんその湖のあたりから
発する霧だ

湖の表面は、少しの風でも波立ってしまいますが、奥底は静かなままです。心も同様に、浅ければ少しの物事でも動揺し、乱れてしまいます。水をたっぷりたたえた湖のように心の奥を深くできれば、たとえ表面は波立っても、奥底は静かでいられます。

心の奥を深くするためには、反射的に行動しないことが大切です。腹が立つことがあるたびにすぐに相手を攻撃することを繰り返していては、表面は波立つばかりです。とはいえそれが難しいなら、相手の行動の理由を考えてみるといいでしょう。気に障ることを言われたとき、「どうしてこの人はこういうことを言うんだろう？」と考えてみるのです。「何か家庭で嫌なことがあったのかもしれない」「自分が嫌な思いをしたから、人にも同じ経験をさせたいのかもしれない」というように。その理由が当たっているかどうかは問題ではありません。たとえ的外れでも、そうして想像してみることで、相手への思いやりが生まれます。そんな練習を繰り返していくことで、心の湖は少しずつ深まっていくはずです。

定子の配慮――望まない出来事が起きたとき

うたて。をりしも、などて、さはた、ありけむ

宮仕えを始めてまだ間もない頃、「私のことを大切に思っている？」と定子に尋ねられた清少納言は、「どうして大事に思わないことがございましょうか」と、とてもお慕いしていることを、心を込めて告げました。ところが、よりによってそのとき、誰かが台所で大きなくしゃみをしてしまったのです。くしゃみは嘘のしるしと言われているのに……。

「まあ。清少納言は嘘をついているのね。ま、それでもいいけれど」

定子はそう言って部屋に入ってしまいました。清少納言は、気持ちが収まりません。嘘なんかついていないのに、まったくどうしてこんなタイミングでくしゃみなんか……。宮仕えに慣れた頃なら、気の利いた切り返しで、くしゃみすらも味方につけてしまえたでしょう。けれども当時はまだ新参者でしたので、うまく取り繕うこともできず、ひとりで悶々とするばかりでした。

そんな清少納言に、定子の歌が届けられます。

いかにしていかに知らまし偽(いつは)りを
空に糺(ただ)す神なかりせば

「どうしたら本当か嘘か知ることができるのかしら。もし糺(ただす)の神さまがいらっしゃらなかったら」。京都下鴨の糺の森に鎮座する糺の神の「ただす」に、罪の有無を取り調べる「ただす」をかけた問いかけでした。先ほどのやり取りを気にしているに違いない清少納言に、言い訳をする機会を与えてくれたのです。

自分が本当にお慕いしていることを伝えなければと、清少納言は返歌をしたためました。

淡(うす)さ濃(こ)さそれにもよらぬはなゆゑに
憂(う)き身のほどを見るぞわびしき

「花の色に淡さ濃さがあるように、人を思う心にも淡さ濃さがございます。私はもちろん濃くお慕いしておりますが、そんな心をくしゃみのせいで吹き飛ばされ、つらい目に遭っているのが情けないことです」。「はな」に鼻ひる（くしゃみ）の「鼻」をかけて、思いを訴えたのです。

それでもまだ、清少納言は心が晴れません。

「うたて。をりしも、などて、さはた、ありけむ」

「ああいやだ。よりによってあんなときに、どうしてあんなことがあるの」

この『枕草子』の嘆きは現代でもそのまま通じます。すっぴんでだらしない恰好のままくつろいでいるときに限って宅配便が届いたり、ストッキングを履くと穴が開いていて、「帰ったら捨てよう」と思っていたのに、その日に限って靴を脱がなくてはいけない羽目になったり。よりによってというときに、思わぬことに遭遇してしまうもの。まさに、「うたて。をりしも、などて、さはた、ありけむ」です。

人によっては、そんな出来事をいつまでも気にして引きずってしまいます。「いつもはもっときちんとしているのに」と心の中で言い訳を繰り返しながら、なかなか振り切れずに過ごしてしまうのです。周囲は本人が思うよりも早く忘れてしまいますし、たとえ覚えていても、思いやりから、その出来事には触れずにいるものです。そう考えると、あえてすぐに触れてくれたのは、早く忘れられるようにするための、定子の格別の配慮だったのでしょう。

❖今の生活に役立つヒント

言葉と潜在意識は、深く関係しています。「主語」や「自他」を認識できないということ以外に、潜在意識の性質について、もうひとつ知っておきたいのは、「否定形を理解できない」ということです。たとえば、「空飛ぶ金色の象を想像しないでください」と言われたら、どうでしょう。きっと頭の中には「空飛ぶ金色の象」が鮮やかに描かれてしまうのではないでしょうか。

同様に、「あの人に会いたくないな」と思っていたら、ばったり遭遇してしまったことはありませんか。あるいは、「あの仕事は頼まれたくないな」と思っていたら、頼まれてしまったことはないでしょうか。それも、潜在意識が否定形を理解できないからなのです。潜在意識には、あなたが「あの人」に会いたいのか、会いたくないのかはわかりません。わかるのは、「あの人」ということだけ。あなたが「あの仕事」をしたいのか、したくないのかもわかりません。わかるのは「あの仕事」ということだけなのです。どうやらあなたが、「あの人」「あの仕事」を強く思っているらしい。潜在意識にとっては、「あの人」「あの仕事」をぜひお願いしますとリクエストされるようなものです。そこで張り切って、「あの人」「あの仕事」を近づけようと働いてしまうのです。

清少納言があのまま「よりによってあんなときに、どうしてあんなことがあるの」と考え続けていたら、望まない出来事をさらに引き寄せてしまったことでしょう。すぐには心が晴れなかったとはいえ、言い訳の機会を与え、清少納言が考え続けるのを少しでも止めようとしたあの問いかけは、さすが定子と感心させられます。

まずは潜在意識の性質を理解して、望まないことに焦点を当てないようにしてみましょう。そして望むことのほうに焦点を当てるようにしていくと、少しずつ自分を取り巻く状況が改善していくのを実感できると思います。

定子の生涯

藤原北家の中関白道隆を父に、高階貴子を母に持つ定子は、一条天皇の元服と同時に十五歳で入内すると、清少納言をはじめ教養豊かな女房たちと華やかなサロンを築きました。ところが父道隆の没後に、道長と兄の伊周の対立が激化し、伊周は左遷されてしまいます。第一子懐妊中だった定子は、落飾（出家）後に脩子内親王を出産します。一条天皇の命でふたたび参内して第一皇子敦康親王を出産するものの、道長の長女彰子が翌年には后となり、前代未聞の二后並立の事態に。翌年ふたたび皇女媄子を出産しますが、その際に命を落とし、二十五年の生涯を終えました。

喪失

大伯皇女の傷心—自然の中に大切な人の姿を重ねる

磯(いそ)の上(うへ)に生(お)ふる馬酔木(あしび)を手折(たを)らめど
見(み)すべき君が在りと言はなくに

大切な人の不在を何より強く感じるのは、どんな瞬間でしょうか。

母親を早くに亡くし、寄り添うように生きてきた姉弟、大伯皇女(おおくのひめみこ)と大津皇子(おおつのみこ)の話です。天武天皇を父に持つ大津皇子は、母親という後ろ盾のない身ながらも、文武両道で優しく、誰からも慕われる魅力的な青年でした。しかしその魅力故に、草壁皇子の母親である鸕野讃良皇女（のちの持統天皇）の嫉妬を招いてしまいます。同じ天武天皇を父に持つ息子を斥けて皇位を継いでしまうことを恐れた彼女によって、大津皇子は謀反の疑いをかけられ、刑死してしまうのです。

大伯皇女が弟に捧げた挽歌が『万葉集』に収められています。

磯の上に生ふる馬酔木を手折らめど見すべき君が在りと言はなくに

川の流れに近づき、花が咲いていることに目をとめたのでしょう。「岩の近くに生えている馬酔木の花を手折ってあなたに見せたいけれど、あなたがこの世にいるとは誰も言ってくれない」と詠んだのです。

馬酔木は、小さな鐘が連なるような、可憐な花です。大伯皇女は、弟がこの花を見たらどんなに喜ぶだろうと想像したはずです。でもその弟はもういない。喜びにはちきれそうだった心は一気にしぼみ、大津皇子の不在を強く感じたのではないでしょうか。

それからはきっと、馬酔木の花を見かけるたびに、弟に見せたいと思って彼がもういないと気づいたあのときをまた思い出し、一瞬心がふくらみかけては、またしぼむことを繰り返したでしょう。そうして、馬酔木の花を見た瞬間につらさを覚えるようになってしまったかもしれません。

さて、大伯皇女は「あなたはいない」ではなく、「あなたがこの世にいるとは誰も言ってくれない」と詠んでいます。これは、当時、亡くなった人が夢に出てきたときなど、その人の魂に会ったことを告げて肉親を慰める風習があったためです。罪人として処刑された大津皇子については、会ったと告げることは禁忌なので、誰もそのようには言ってくれませんでした。大伯皇女の喪失感は、一層深まったことでしょう。

彼女は、こんな歌も詠んでいます。

うつそみの人にある我れや明日(あす)よりは二上山を弟背(いろせ)と我れ見む

二上山は、大津皇子が埋葬された場所です。大好きな弟はあの世の人になってしまったけれど、自分はこの世に残ってしまった。明日からは二上山を弟と思って眺めることにしよう、というのです。

当時は写真があるわけでもありませんし、自然と人間の距離も今よりずっと近い時代ですから、亡くなった人を偲ぶとき、その人と自然を重ねることが多かったのでしょう。現代のように画像や動画の中に亡くなった人が存在し続けることがないからこそ、自然の中に溶け込ませやすかったのかもしれませんし、偲び方や心の癒え方も違っていたのかもしれません。二上山の中に弟の姿を感じられるなら、それは他の山の中にも感じられるようになっていくでしょう。山に生える木にも、草を揺らす風にも。そうして森羅万象の中に弟の存在を感じられるようになったとき、あの馬酔木の中にも、弟の姿を見つけられるのかもしれません。

かわいらしい花。あなたはここにもいたのね、と。

❖今の生活に役立つヒント

「やってみたけれどダメだった」という経験が続くと、人は「どうせやってもダメだろう」と考えて挑戦すらしなくなってしまいます。これは学習性無力感と呼ばれるものです。

たとえば、サーカスの象は、逃げられないよう小さい頃に鎖でつながれます。最初は逃げようとあれこれ試してみるものの、幼い力では何度やっても足かせを外すことができず、逃げることをあきらめてしまいます。そして大人になり、十分な力を備えても、もはや逃げようとはしないのです。

ノミもそうです。体長の百五十倍ほどの跳躍力があると言われるノミをコップの中に入れ、蓋をします。すると跳ぶたびに蓋にぶつかり、それ以上は上に行くことができません。何度も繰り返すと、勝手にそこを限界だと決めつけてしまいます。しばらくして蓋を外しても、その高さまでしか飛ぼうとせず、コップの外には出ていかないのです。

この学習性無力感は人を蝕み、やがてはうつ状態にしてしまいます。大伯皇女が馬酔木の花を今は亡き弟に見せてあげたいと思ったように、身近なかわいらしいものや素敵なものを大切な人に見せてあげたい、喜ばせてあげたいという気持ちは、心をふくらませてくれます。けれどもその度に肝心の相手はもういないのだと思い知らされたら、まさに学習性無力感にとらわれてしまいます。やがて、気持ちを動かすことすらなくなってしまうでしょう。それでは、生きていることを感じられなくなってしまいます。

気持ちが動くことを、自ら止めてしまうことがないように。学習性無力感にとらわれそうなとき、そう思い出してみてください。

防人の妻の郷愁—居場所がなくなってしまったら

防人(さきもり)に行(ゆ)くは誰(た)が背(せ)と問(と)ふ人を見るが羨(とも)しさ物思(ものも)ひもせず

『万葉集』には、貴族や歌人の歌だけでなく、防人の歌も収められています。防人とは、外敵に対する防備のため、指名されて九州に赴いた東国の男たちのことです。九州といっても、現代のように移動手段が発達していない当時は、遥か彼方の土地です。そこまで歩いていかなくてはいけないのですから、何とも苛酷な任務です。しかも現地で約三年間の務めを終えた後は、自力で帰ってこなくてはなりません。途中で命を落とす人も多かったそうです。

誰が防人になるかは、指名されるまでわかりませんでした。指名されたが最後、生きてまた家族に会えるかすらもわからないのですから、一気に運命が変わってしまいます。

そんな防人に指名された男の妻が詠んだ歌です。


防人(さきもり)に行(ゆ)くは誰(た)が背(せ)と問(と)ふ人を見るが羨(とも)しさ物思(ものも)ひもせず

「『今度防人に行くのは、誰のご主人かしら？』なんて尋ねている人が羨ましい。何の悩みもなくて……」

「今度は誰？　大変ね」と話している女たちと、それをひとりで遠くから見つめる作者の姿が思い浮かびます。女たちは、気の毒に思いながらも、誰もが「自分じゃなくてよかった」とほっとしています。だからこそ安心して、井戸端会議も盛り上がっているのでしょう。

作者も、以前はその輪の中にいたはずです。「自分じゃなくてよかった」と思いつつ、その幸運をみんなと一緒に味わっていたのでしょう。自分が当事者になるなんて、思いもしなかった。けれども今回、当事者になってしまった。人生が変わってしまったのです。

自分がこんな目に遭うなんて思いもしなかった。何も知らない無邪気な人たちが羨ましい。自分も悩みのないあの頃に戻りたい……そんな心情が伝わってきます。この歌はきっと、防人に指名されて間もない頃に妻が詠んだのでしょう。

時間が経つと、妻のこの感慨は種類が違ってくると思うのです。人生が決定的に変わってしまった直後は、ただとにかく元に戻りたかった。かつての自分を井戸端会議の場に見つけて、「あれは私だったのに」と戻りたい気持ちが強かったはずです。けれども時間が経つにつれ、彼女は理解します。もう決して元には戻れないのだと。

「こんなことが自分の身に起こるなんて」という経験をすると、人は本質的に変わってしまいます。「そんなことあるわけない」と思っていたときとは、別の人間になってしまうのです。井戸端会議の場にいる人たちの中に、もはや戻るべき自分は見いだせないのです。あまりにも違ってしまったから。

何も知らない人たちがいる。こんなことが人生には起こりうる、人生は根こそぎ変わってしまう、そのことを知らない人たちが。そこには越えられない断絶が黒々と横たわっています。好んで彼女のいるこちら側へやってくる者はいません。そこは忌まわしい場所として敬遠されています。そして彼女のほうから向こう側へ行くこともできません。そこに彼女の居場所はもうないのですから。それはまるで遠くなってしまった故郷のようなものではないでしょうか。たとえ帰ることができたとしても、そこはもはやかつてのようになじみ深いものでも、心安い場所でもありません。自分が変容してしまったことを知って、ある種の郷愁をもって眺める対象になってしまうのです。

❖今の生活に役立つヒント

以前は考えられなかったような豪雨やスーパー台風など、次元が違う自然災害が近年は多発するようになりました。それに伴い、被災し、生活基盤を失う方も増えました。誰しも、いつ人生が大きく変わってしまうかわからないのです。

自分がこんな目に遭うなんて思いもしなかった、という経験をすると、人は否応なく強くなります。「そんな強さなんていらないから、何も知らない頃に戻りたい」と思うかもしれません。経験の質によっては、長年その思いを抱き続けることもあるでしょう。けれども元に戻ることができない以上、自分の獲得した強さに目を向けることが励みになってくれるはずです。

「ポスト・トラウマティック・グロース（外傷後成長）」という概念が存在して注目されるほど、つらい経験の後に人は成長するものです。失ってしまったことのほうにどうしても目が向いてしまいがちですが、物事の受け止め方、心の回復のさせ方、前に進む力……自分が身につけたことを意識してみることで、失ってしまったことばかりではないのだと気づくことができるでしょう。

また、ひどく傷ついているときに回復を促してくれることのひとつは、人を助けることだといいます。助けられてばかりでは、自分は人の支援が必要な人間なのだと思い、自尊心が低下してしまいます。人を助けることで、自分は人を助けることができる、人に与えるものを持っていると思えるようになり、自尊心が回復するのです。さらに、他者に目を向けることで、自分の痛みにばかり焦点を当てずにすむのでしょう。

ある妻の花橘——死との向き合い方

鏡なす我が見し君を阿婆(あば)の野の花橘(はなたちばな)の珠(たま)に拾(ひり)ひつ

『万葉集』には人の死を悼む挽歌(ばんか)が数多く収録されています。中でも目を引くのが作者未詳のこの歌です。

鏡なす我が見し君を阿婆(あば)の野の花橘(はなたちばな)の珠(たま)に拾(ひり)ひつ

「鏡のようにいつも見ていたあなたを、阿婆の野で焼いた。その橘の花のような、珠のような骨を拾った」。喪失の痛みを激しい言葉で訴えるのではなく、静かにつぶやくように詠むことで、哀切さがいっそう胸に迫る歌です。この歌が、ある種の違和感とともに強い印象を残すのは、遺骨を「珠」にたとえる、それも「花橘の珠」と可憐な橘の花を用いてたとえる、その感性ゆえではないでしょうか。

現代のように火葬された後に遺骨と対面するのでは、愛する人が骨に変わっていく過程に携わることができず、遺骨となった相手と自分が切り離されてしまいます。そのため遺骨を見たときに最初に覚える感情は愛しさではなく、「これが私の愛する人なのか」という喪失感や孤独感になるのです。けれども当時は、火葬の場に立ち会うことができました。骨へと変容していく過程に関わり、その間に自分の気持ちを整理することで、遺骨を目にしたとき、愛しさを覚えることができたのかもしれません。あるいは、悲しみに耐えられるようにするために、遺骨を美しいものとして捉えようとしたとも考えられます。悲しいのは、愛する人が死んでしまったから。生き返らないからです。『万葉集』に収められた歌は、飛鳥時代から奈良時代にかけて詠まれました。それより前の時代を生きた人々は、死を生の終わりとは考えていませんでした。時間は循環するものだったのです。ところが、豪族の滅亡や寺の建立を目にすることで、次第に生と死は繰り返されないと理解されるようになりました。このような死生観の大きな変化によって、時間の流れは不可逆となり、死の位置づけは決定的なものとなります。

人間は物語を必要とするいきものです。人の生が一度きりとなった時代に、新しい死生観を支えてくれる物語を強く求めたはずです。喪失というマイナスの価値を伴うようになった死を、どうにかプラスの価値に変えようとするために、死を生の終わりにしないために、骨を美しい珠にたとえて詠んだのではないでしょうか。

社会全体がそんな物語を必要としていたのでしょう。次のまた別な作者未詳の歌でも、骨が珠にたとえられています。

玉梓（たまづさ）の妹は珠（たま）かもあしひきの清き山辺（やまへ）に撒（ま）けば散りぬる

「あなたは珠なのだろうか。清らかな山のほとりに、火葬したあなたの骨を撒けば、粉々に散っていったよ」。砕け散る珠の儚さに、新しい死生観の背後にある無常観が込められています。

そんな儚さを秘めた珠を、「花橘の珠」と詠んだことには、どんな意味があったのでしょうか。

橘は、『古事記』にも登場する植物です。垂仁天皇が田道間守（たじまもり）を常世の国に遣わして「非時香菓（ときじくのかぐのこのみ）」と呼ばれる不老不死の力を持った霊薬を持ち帰らせた逸話が記されます。この不老不死の霊薬こそ、橘の実でした。橘は、永遠を象徴する存在だったのです。壊れやすい珠を橘の花にたとえたことは、今は亡き愛する人が、もう壊れることなく、永遠にこの手の中にいてほしいという願いの表れなのかもしれません。

❖今の生活に役立つヒント

『煙が目にしみる』（国書刊行会）の著者ケイトリン・ドーティは、子どもの頃、幼女の事故死を目撃したことから、死の恐怖にとりつかれてしまいます。死とは何か、死んだらどうなるのか……死について考え続け、古今東西の文献を読み漁った著者は、ついには火葬技師になります。毎日遺体を焼却し、遺灰の処理をし、遺族に応対し、火葬場の清掃をして、徹底的に死と向き合いました。概念ではなく現実の死に接することで、恐怖を克服することができたのです。

恐怖を覚えると、そこから逃れようとしてしまいます。けれども逃れると、頭の中でその存在が大きくなり、かえって苦しくなるかもしれません。そんなときは、恐怖を覚える対象を直視するのもひとつの方法です。

「幽霊の正体見たり枯れ尾花」ということわざがあるように、恐ろしいと思っていたものも、正体を知ると何でもなくなることがあります。恐怖は実体以上に対象を大きく見せてしまうものですが、直視すれば、手に負えないものではなくなります。

死の恐怖を感じたとき、目をつぶってしまう代わりに、あえてその恐怖を見つめてみる。そうして実体を見極めることができたなら、そこから自分なりの死生観を育むこともできるでしょう。

『万葉集』の時代のように、人々が広く共有する大きな物語は、もはや存在しません。共通の物語に支えられた死生観を持ちづらい時代だからこそ、自分なりの死生観を持つことが、死と向き合うときに自分を支える力になってくれるのではないでしょうか。

さばれ。かくてしばしも生きてありぬべかんめり

生きていくことに疲れてしまうときがあります。清少納言にも、そんなときがありました。そこから立ち直るきっかけは、一見すると、ささやかで微笑ましいものでした。

「世の中の腹立たしう、むつかしう、片時あるべき心ちもせで、

『ただ、いづちもいづちもいきもしなばや』と思ふに、
ただの紙のいと白う清げなるに良き筆、
白き色紙（しきし）、陸奥紙（みちのくにがみ）など得つれば、こよなう慰みて、
『さばれ。かくてしばしも生きてありぬべかんめり』
となむ、おぼゆる」

「人生にむしゃくしゃと腹が立って、ほんの少しでも生きていたくなくなって、『もうどこへでも行ってしまいたい』と思っているとき、普通の紙のたいそう白く清らかなものや良い筆、真っ白の色紙（歌などを書く紙）や陸奥産の紙なんかを手に入れると、すっかり心が晴れて、『まあいいか。こうしてまだしばらく生きていてもいいなあ』と思えます」。そう語る清少納言に対して、「ずいぶんちっぽけなことで気が晴

れるのね」と定子は笑いましたが、本当にそれは清少納言にとって、ちっぽけなことだったのでしょうか。

現代の感覚だと、「紙くらいで元気が出るのか」「清少納言も紙ものが好きだったんだな」と解釈してしまいますが、そんな単純な話ではありません。まず、当時の紙は貴重品でした。それが入手できたことの意味合いは、現代とはかなり異なるはずです。

紙があるからこそ、ものを書くことができます。清少納言は、自分がものを書く人間だと自覚していました。それがアイデンティティのよりどころだったのです。結婚も経験していますが、いい人ではあっても感性が響き合わない夫との家庭生活は、自分という人間を注ぎ込める対象にはなりませんでした。離婚後に宮仕えをし、その感性を存分に生かして活躍する場を得たものの、まだ何かが足りません。書く人間である清少納言は、思いを文字にすることで、はじめて生きている意味を実感できたのです。あるべきものがあるべきところに収まっていくのを感じられたことでしょう。そんな彼女にとって、紙が手に入るということは、自分という人間を余すところなく注ぎ込める保証であり、存在自体を大きく肯定してくれることでした。紙を手にすることは、「生きていてもいいよ」と言ってもらえるに等しかったのです。

『枕草子』が書かれたのは、定子が没落し、清少納言が里下がりをしていた時期のことです。執筆の動機には、華やかだった往時の生活と機転の利いた楽しい会話を思い出してもらうことで、定子を元気づけたいという思いがあったでしょう。けれども書くことで実際に元気づけられたのは、清少納言のほうだったのではないでしょうか。書くことによって、自分の本来の姿を見いだせたばかりではありません。きらめく思い出を自分の心の中から取り出し、現実として定着させる。そのことで、何より慰められたと思うのです。

定子亡き後も、清少納言は『枕草子』を書き続けます。文字にして残すことで、定子がいかに素晴らしい人物であったか、人々の記憶にとどめたいという願いがあったのでしょう。没落してからの姿ではなく、きらびやかな存在であった頃の姿。宮仕えを始めたときに目を奪われた、その洗練された美しさ。その類まれな教養と優しさ。主君たるにふさわしい資質を備えた定子を、くまなく書きとどめておきたかったのです。人々の口にのぼり、語り継がれていく限り、定子は生き続けられるのですから。

清少納言は、書くことによって定子の存在をありありと感じることができました。そうして記憶の中の言葉やふるまいに励まされ、定子亡き後の人生を生きていく力を手にすることができたのです。

❖今の生活に役立つヒント

本を読むことで心が癒されたり、悩みが軽くなったりした経験はありませんか。読書にこのような療法的な効果があることは、古代ギリシャの頃から認識されていました。二十世紀に入って読書療法として確立され、現在ではうつ病から依存症、腰痛治療（読書によって腰痛に関する思い込みや誤解を解き、正しい知識と情報を得ることで考え方や行動を変える）や認知症まで、幅広く活用されています。

読書療法には、実は、本を読むだけではなく、書くことも含まれます。書くという行為によって精神の回復を得られる事例は多いのです。心の奥底にある思いを、文字によって掬い上げ、可視化する。それによって自分を深く知ることもできますし、悩みを身体の外にいったん取り出して自分自身と切り離し、客観的に捉えることもできます。書いたものを人に読んでもらい、共感を得られれば、癒しの効果はさらに大きくなります。

また、書くことは、自分の書いた文章を読むことでもあります。自分のために煎じた薬を服用するような効果があるのではないでしょうか。

清少納言と同時代を生きた紫式部も、『源氏物語』の執筆に注力したのは、夫を亡くしてからのことでした。『蜻蛉日記』の著者である藤原道綱母（ふじわらのみちつなのはは）も、夫の兼家に傷つけられたことを日記に書きました。書くことで、喪失を埋め、傷を癒し、自らを回復させてきたのです。

悩みが深まってしまったときは、そのことについて書いてみるといいでしょう。自分の気持ちを探るように言語化していくことで、立ち直るきっかけが得られるはずです。

おわりに

古典の中のしなやかな人々をご紹介しました。日々の生活でつらいことや悲しいことがあったとき、悩んだとき、彼らのことを思い出し、活路を見いだしていただけることを願っています。よろしければ、今後もいろいろな本を通して彼らとのお付き合いを続けてみてください。本書が長いお付き合いのきっかけになれれば幸いです。

私に古典の楽しさを教えてくださった恩師は、清川妙先生です。古典は人によって解釈が違いますし、誰のフィルターを通すかによって世界の彩りが変わります。生きることへの前向きな姿勢と、みずみずしい感性、細やかな鑑賞眼。そして学ぶ喜びにあふれた清川先生のフイルターを通して古典の世界に触れることができたのは、とても幸せなことでした。

清川先生とご縁が深い林望先生に本書を監修していただけたのも、心強く、うれしいことでした。また、生平桜子さんには、趣のある絵で本書の世界観を深めていただきました。美しいたたずまいの本にしてくださったデザイナーの川畑あずささん、ていねいに目を通してご意見くださった小林美和子さん、そして企画段階から伴走してくださった編集者の庄子快さんをはじめ、本書の誕生にお力添えいただいたみなさまに、心よりお礼申し上げます。

令和三年十二月

寺田真理子

参考文献

『萬葉集　一〜五（新潮日本古典集成新装版）』
校注：青木生子、井手至、伊藤博、清水克彦、橋本四郎／新潮社（２０１５）
『枕草子　上・下（新潮日本古典集成新装版）』校注：萩谷朴／新潮社（２０１７）
『古事記（日本古典文学大系新装版）』校注：倉野憲司／岩波書店（１９９３）

『あなたを変える枕草子』清川妙／小学館（２０１３）
『学び直しの古典　うつくしきもの枕草子』著：清川妙、画：おのでらえいこ／小学館（２００４）
『万葉恋歌』文：清川妙、画：林静一／主婦の友社（２０１０）
『万葉集花語り』著：清川妙、画：鈴木缶羊／小学館（２００１）
『清川妙の萬葉集』清川妙／集英社文庫（１９９６）
『わが心の大伴家持』清川妙／発行：雄飛企画、発売：星雲社（２００６）
『古事記の恋』清川妙／ハルメク（２０１２）
『古典に読む恋の心理学』清川妙／清流出版（１９９６）

『乙女の古典』清川妙／KADOKAWA（2011）
『リンボウ先生のうふふ枕草子』林望／祥伝社（2009）
『桃尻語訳枕草子　上・中・下』橋本治／河出書房新社（1987〜1995）→河出文庫（1998）
『妄想とツッコミで読む万葉集』著：三宅香帆、絵：相澤いくえ／大和書房（2019）
『枕草子 REMIX』酒井順子／新潮社（2004）→新潮文庫（2007）
『本日もいとをかし!!　枕草子』
著：小迎裕美子、清少納言、監修：赤間恵都子／KADOKAWA（2014）
『平安女子の楽しい！生活』川村裕子／岩波書店（2014）
『百人一首という感情』最果タヒ／リトル・モア（2018）
『現代語訳　古事記』訳：福永武彦／河出文庫（2003）
『千年の百冊　あらすじと現代語訳でよむ　日本の古典100冊スーパーガイド』
編：鈴木健一／小学館（2013）
『エロスでよみとく万葉集　えろまん』大塚ひかり／新潮社（2019）
「詩の自覚の歴史」『柿本人麻呂』山本健吉／新潮社（1962）

索引

万葉集

枕草子

枕草子

48 御格子上げさせて、御簾を高く揚げたれば、笑はせたまふ。　第二百八十段

55 蘭省花時錦帳下　第七十七段

57 草の庵を誰かたづねむ　第七十七段

107 めでたき紙二十を包みて、賜はせたり。　第二百五十九段

108 「いみじくはかなきことにも慰むなるかな。　第二百五十九段

110 「あれは、新参か」　第百三十六段

143 いかにしていかに知らまし偽りを空に糺すの神なかりせば　第百七十六段

144 淡さ濃さそれにもよらぬはなゆゑに憂き身のほどを見るぞわびしき　第百七十六段

145 「うたて。をりしも、などて、さはた、ありけむ」　第百七十六段

176 「世の中の腹立たしう、むつかしう、片時あるべき心ちもせで、　第二百五十九段

古事記

21 「汝は誰が子ぞ。」ととひたまへば、答へて白ししく、　下巻

22 命を望ぎし間に、已に多き年を經て、姿體痩せ萎みて、　下巻

39 「愛しき我が那勢の命、如此爲ば、汝の國の人草、一日に千頭絞り殺さむ。」　上巻

40 「愛しき我が那邇妹の命、汝然爲ば、吾一日に千五百の產屋立てむ。」　上巻

129 「己が君の御手に纏かせる玉釧を、膚も熅けきに剥ぎ持ち來て、　下巻

寺田　真理子（てらだ　まりこ）

日本読書療法学会会長。

長崎県出身。幼少時より南米諸国に滞在。東京大学法学部卒業。多数の外資系企業での通訳を経て、現在は講演・執筆・翻訳活動。読書によってうつから回復した経験を体系化して日本読書療法学会を設立し、国際的に活動中。また、うつの体験を通して共感した認知症について、著書や訳書、全国各地での講演活動を通じてパーソンセンタードケアの普及に力を入れている。介護施設や病院の研修、介護・福祉関連団体主催セミナーの講演で多数の実績があり、日本メンタルヘルス協会公認心理カウンセラーとしての知識を生かした内容が高く評価されている。出版翻訳家として認知症ケアの分野を中心に英語の専門書を多数出版するほか、スペイン語では絵本と小説も手がけている。仏教を松原泰道老師に、万葉集や枕草子、徒然草などの古典を清川妙氏に師事。著書に『心と体がラクになる読書セラピー』（ディスカヴァー・トゥエンティワン）『うつの世界にさよならする100冊の本』（SBクリエイティブ）、『翻訳家になるための7つのステップ』（雷鳥社）など。訳書に『認知症の介護のために知っておきたい大切なこと』（Bricorage）、『認知症を乗り越えて生きる』（クリエイツかもがわ）、『虹色のコーラス』（西村書店）など多数。

林　望（はやし　のぞむ）

1949年東京生。作家・国文学者。

慶應義塾大学文学部卒、同大学院博士課程満期退学（国文学専攻）。東横学園短大助教授、ケンブリッジ大学客員教授、東京藝術大学助教授等を歴任。『イギリスはおいしい』（平凡社・文春文庫）で91年日本エッセイスト・クラブ賞。『ケンブリッジ大学所蔵和漢古書総合目録』（Pコーニツキと共著、ケンブリッジ大学出版）で、国際交流奨励賞。学術論文、エッセイ、小説の他、歌曲の詩作、能作・能評論等著書多数。『謹訳源氏物語』全十巻（祥伝社）で2013年毎日出版文化賞特別賞受賞。2019年『（改訂新修）謹訳源氏物語』（祥伝社文庫）全十巻。ほかに、『往生の物語』（集英社新書）『恋の歌、恋の物語』（岩波ジュニア新書）等古典の評解書を多く執筆。『旬菜膳語』（岩波書店・文春文庫）『リンボウ先生のうふふ枕草子』（祥伝社）、『謹訳平家物語』全四巻（祥伝社）『謹訳世阿弥能楽集』（檜書店）『謹訳徒然草』（祥伝社）等著書多数。

古典の効能

2021年12月22日初版第1刷発行

著者　　寺田真理子
監修　　林望

発行者　　安在美佐緒
発行所　　雷鳥社
〒167-0043　東京都杉並区上荻2-4-12
TEL 03-5303-9766／FAX 03-5303-9567
http://www.raichosha.co.jp／info@raichosha.co.jp
郵便振替　00110-9-97086

デザイン　　川畑あずさ
装画・扉絵　　生平桜子
協力　　小林美和子
印刷・製本　　シナノ印刷株式会社
カバー箔押　　有限会社真美堂手塚箔押所
編集　　庄子快

ISBN 978-4-8441-3782-5 C0091